このあたりでは
ついぞ見かけなくなった
害獣を
殺すことにも慣れたと言っていた
首都の谷間に住む妹の
息子に子は生れただろうか

現代詩文庫
251

思潮社

有働薫詩集・目次

詩集〈雪柳さん〉全篇

詩集〈*Surya* スーリヤ *Surya*〉から

詩集〈ジャンヌの涙〉から

詩集〈幻影の足〉全篇

西の丘

幻影の足

装幀原案・菊地信義

詩篇

詩集〈冬の集積〉から

坂

曇りの空のまぶたの
長いまつげ
足のみじかい犬が石段を下りていく
先の折れた鉄の手すりを
きのうおばあさんのレースが擦った
おばあさんの部屋の窓に花びんがあって
小さいユリのかたちの赤い花と
黄色いキクが少し——
ときどき花のわきに
少女がきてすわる
みどり色の服の胸に
船のししゅうがある
少女は食事をしない

My screen

窓のくもりガラスにうかぶ影
死んだ人のすがた
果されなかったあこがれの残りかす
欲望の破片
愛のうつろな変形

子供の練習曲のような
あじけない時間のなかのほのめき
冬の日だまりの一輪の花の輝き
ひとの声やじぶんの声の記憶のなかの断片
こころの動きがかたちをとろうともがいているけはい

あるいは降りかかる雨
街路樹の単調なそよぎ

風の中

風が木という木から葉をふきあげる
夏のおわりからずっと
淡いくまどりのある移ろいをみつめてきた
——こちらへいらっしゃいそこは落ち葉がかかるから
訪ねてくるひとがあるような気分で
日を過ごした
玄関でベルの音がしたような
よじれた葉が吹き込んできたばかり

古い手帳

岩のくぼみに置き去られ
真夏の強い日射しに焼かれて
小さい海が気を失う

廃兵院の病室の
夜のドアをノックして
夢遊病の
女が重い服を脱ぐ

夏の終わった避暑地のプールに
置き忘れた恋を
探しにもどった少年の
ほそい悲鳴が
水に浮かんでいる

カシオペアA

水の中に住んで
漂うテーブルの上で
朝のパンをちぎる
Flex Time だから
すきなだけ夢想を食べる
夜には

グラスの中のビールに住んで
男の大きな胸の上に
星をかぞえているのは
あれは
逃げていった女
いくつもの星から
とぎれがちに降りてくる
別の信号をきいているのか

冬の集積

ジランドールを下げた耳
理論的に可能
デュアルシステムは高価につく
特に女であること
オフセット
場所をあけわたす
アネリード
あるいは追撃
たばこを吸いかけて
くしゃみの誘導
ユッカの木に花穂ののびる季節
パイロット
大口あいた抑制のきかない
クリスマスのドアかざりのベルみたいに
シテヤッタリと
アイオライト
ふみとどまる一線

ジランドール　girandole　ペンダント式イヤリング
アネリード　annelid　環形動物
アイオライト　iolite　菫青石

夜の真昼

看板のしたで

どら猫が二匹むきあって
尻尾をブラシのように逆立てている
後ろめたいような夜

うすいレインコートに
うっすらと疲労を重ね着して
勤勉な
下り電車が発車する
河のむこうへ

(女友だちは床の間から
ポータブルをおろす
湧き出るいずみのように
たたみのすじ目から
低いメロディがにじみ出す
——Sombre dimanche …
時間の奥深くから)
掘りかえした土のなかに
まみれるように住みついて
昼の電車で
居眠る

河へ

衣服のない肉体はより液体に近い
振りおろされたハンマーの下で
つぶれた昆虫の
下翅の裏に溜まった小さな体液
シーツの下でみひらいた目に
飛行していくカナブンがみえる
(あの小さな液が生命だったのか)
河に沿ってクヌギ林がひろがる
あなたの肱が電車の窓ガラスを割ったとき
破片が鉄橋を舞い散っていった
ガラスの刺の混じりこんだ河の水を
腹の皮のやぶれるほど飲んで

カナブンのねむる眠りを
わたしは盗む

紙に――冬

象《かたど》るために映るのではなく
消えさるために
光の模糊を許して
ふるえる影

窓枠に猫がうずくまって
残りの日差しをすくっている
けばだちの先にまるまる光の粒
十字架の上のキリストのように
静かに顔を傾げている

闇をみつめ闇の匂いをかぐ
ひしめく影をはかる

哀願は一べつにしか値しない
執達吏の決然をもって
一気に夜におどり込む

夜

わたしの欲望の真珠の一粒ずつを
熱い舌でなめとってくれる
疲れた意識は深い眠りにおりていく
眠りの底に乳が流れ
無数のピラミッドが生長する
巨大なケーブルがゆっくり巻きとられていく
ひと晩じゅうつけ放しのスタンドをめぐって
小さい旋律が旋回する
椿の花を油で揚げつづける手
百　二百と
あざやかな赤の堆積
二度とない色

二度とない匂い
涙の味覚は忘れ去られている

午後から晴れ

体表面積ＭＩＮからＭＡＸへ
実験台上の
小さい発電
肉屋のショウケースに脂肪の白バラを咲かせる
毛布のよじれ目
暗い窓ガラスのそばのテーブルで
チキンバスケットを食べた
シンセサイザーのタムタムを飲みながら
過ぎ去らない夜
顔の両ふちに遮音シールを貼り付けて休暇の
裁判長が書斎のソファで飼い猫を撫でる
さてつぎの事件もシャープに結審
クッションのコルドンのすきまからはみ出す耳

被告水神様の石段わきのイチョウの樹に判決す
雄株雌株共に有罪
おまえ達揃ってネクラだからそれに
ギンナンがぼたぼた落ちて猛烈に臭いジャン
重要なのは　歯ぐき　だ

美しい歯ぐきの少女
　昔あるところに王さまと女王さまがいて　やがて女王
さまは病の床に伏して臨終を迎えた　喪が明けると王
さまは新しい妻を探した
歯茎歯ぐきはまたの名歯齦むずかしいけどシギンと読む
詩吟じゃないの歯肉だよ死肉腐肉じゃなく皮肉憎悪じゃ
ない皮革比較非核較差差別別に自信があるわけじゃない
信仰正義信義法律も違反キップならわんさと持ってる
押さえといてチョン
ギンナンいろの眼の姫君やいずこ

野に

羊にかこまれて
一日じゅう野に過ごす
自分の羊他人の羊
ごちゃまぜに
カリキュラムのようなものはなく
一匹も失わない
日暮れて長い道のりを歩いて戻り
疲れて眠る
明け方忍び寄るものを抱きしめる
平穏は永続するようにみえて
ときおり中断する
そのたびに野に落ちる自分の影が
いっそう長くみえる

花の好意

ナチス時代にドイツの田舎の少女がフランス人ジャーナ
　リストの脱走に利用されるという筋書の映画があった
娘は裸で
（処女のまま）
草の中に置去りにされた

地上に田園がひろがるかぎり
やさしい花はひそやかに微笑みかける
不意の出会いがうれしいように
踏みしだかれてもかまわないとささやくかのように
（歌の文句どおりに）

メリザンドの娘

　　　　　　　　　　　　　メリザンドは死の床で
女児を生んだ　盲目のアルケル王はいちはやく赤子を死

んでいく母親から引き離した

あなたに名をつけて

あげよう　一つの疑問をのがれたあと　すぐに別のもっと大きい影にすくいとられてしまった不運な母を知らぬ名を　傷つきやすい心が安らえる名を　「やぐるまそう《ブルーエ》姫」と

王女は成長した

母の面影そのままに　とりわけ声は母の生き返りを錯覚させた　「春の海を渡ってきた」と感じとる人がかつてこの城にいたことは伏せられたまま

ある日王女は

昼も暗いすがれた庭園にうちすてられた泉をみつけた　地の中心から湧きでるかのように澄みきった深い泉　水の眠りが聞こえそうな静寂　ぼだい樹の下の大理石の水盤のふちにこしかけて……昼の鐘が鳴ったとき人の叫びを聞いたように思った

夜が美しかったので

少女は窓を開いて髪をとかしていた　異国の小鳥のように歌をくちずさみ　星のいちばん多い夜　海に月も昇った　庭園の闇に一輪のばら　髪と光がまじりあい　いくえにも編目をつくり　塔を流れくだって……そのとき流れる毛先にくちづける人の指先を感じたと思った　鳩がとびたち闇の中にきえる

ある夜露台から

大きな船が港を出ていくのがみえた　満帆をあげ　あかりを高くかざして　灯台の火でその帆が見分けられた　ああわたしの船が出ると王女は思わずつぶやいた　晩くまで森で遊んだ少女は花と葉で腕を一杯にしている

少女はいつごろからか

窓を開いたまま眠るようになった　夜閉じられた窓ガラスに人の姿が映っているのを見たように思ったので

夜の湾をこぎさった船は
南へか北へむかったかきこえるわたしに　海を渡る鳥
のはばたき　流氷のきしむ音　櫂をあやつってわたしも
いくだろう
予感のむこうへ

（『冬の集積』一九八七年詩学社刊）

詩集〈ウラン体操〉から

愛すなわち憧憬

猫の尻尾をつかんでひっぱると
しっぽがするっと抜けて
猫は前あしをあげて後ろあしで立ち上がった
（絵本のなかの長靴をはいた猫のように）
猫は人間の言葉でわたしに言った
これで愛しあえるね
わたしはうろたえた
考えてみるとかれのうちでわたしがいちばんすきなとこ
　ろは
すべすべした長いしっぽだったのだ

ポンヌフの恋人たち

橋だらけのパリ市のまんなかの
車だらけのセバストポール大通りに
ぶったおれてきちがいじみた
スポーツカーに足を轢かれて
工事中のがれきの山を越して
ねぐらのある屋根のない橋のくぼみに
新宿の地下道の
ホームレスたちよりはるかに
エネルギッシュに
毎朝いちおうからだを洗うので
かろうじて人間の皮膚をして
魂はとぎすまされ
嘘つき、嘘つき、嘘つきと迫る
生きるとは死ぬまでのよろこびのこと

こねこねねこ

猫がかゆがるので
腹を両手ではさんで
ごしごし　もみもみ
ごしごし　もみもみ
猫はのどを鳴らして
頭をぐいぐい押しつけてきた
ごしごし　もみもみ　ぐいぐい　ごろごろ
ぐにゃぐにゃ　くちゃくちゃ　ぎゅっぎゅっ
あんまりこねまわしたので
猫がまんなかからちぎれてしまった
それでも猫は目をほそくして
ごろごろ　ぐらぐら
ひげと尻尾をこすりつけてくる

午後四時に窓を開けよう

空が遠い
鳩が帰っていく
若葉がジェット機の爆音でふるえる
電話は黙ったままだ
この空はずっとむかしの空とつながっていて
繁みの中の羽虫のように
ブンブンうなりながら
人間のたましいが
空に散歩にでかける時間だ
「イッテコイヨー」
わたしは少し休みたいから

ウラン 体操

1

ウランちゃんは街かどに停まった灯油販売車に走りよってノズルをくわえた。タンクのメータがくるくるまわり、針はたちまちEMPTYを指す。ウランちゃんは大あくびをして足をふんばり両手をあげて、数回相撲取がしこを踏むようなかっこうをした。

ビーン　ビーン
足もとに青い電気が走る。うす汚れたつなぎ服の男がようやく運転席から降りてきて、ゲンコを振りあげた。

「イコー」

ウランちゃんは長く声をのばしてボクの手をつかんだ。

2

「アレマズイヨ　セメテジーゼル油ダッタラナ」

ウランちゃんは道ばたにしゃがみこむと、たったいま飲んだばかりの灯油をゴボゴボと吐いた。きみは燃料をみかければなんでも飲んじゃうの、おナカこわすよ。

「オナカニアワナキャハキダスヨ、ナンダッテタメシテミナイトネ」

ウランちゃんは長く声をのばしてボクの手をつかんだ。

獣

ふうせんをつつくように
おまえのからだをつついたよね
弾力があって
いい匂いがする
しばらく忠実でいたおまえが
とつぜんなまぐさい
吼え声をまきちらす夜
空に缶みかんの月

街の原野に

お預けをくわされたら
自分で盗る

3

「アラ、ネコシンデルヨ」

井の頭公園のしめった林の下に猫の死骸が点々ところがっていた。

「ワルイモノタベタノカナ、クルシカッタダロウニ」

（ここの、野良にしてはおっとりと威厳のある大型の西洋猫がウランちゃんのお気に入りだった。あの子を飼いたいというのが口ぐせだった。

「アア、オウチガアッタラナー」

フェドラ（ウランちゃんがその猫につけた名）とウランちゃんはきょうだいのように仲良く明け方の冷えこむ薄明りのなかでいつまでもじゃれあっていた。）

死骸のなかにフェドラの汚れた黄色い太い横腹をみつけたとき、ウランちゃんの大きな両眼はいっそう大きく開いてたちまちくるくると回転した。それから顔ぜんたいが紙屑のようによじれて、ポタポタと大粒の雨が落ちた。

「チキショー」

それが野性だ
わたしは欲望を誇る
いさぎよくそれを放棄しもする
無心に死を受け入れる
革の手袋をしてシガレットをふかす
刺し通す寒気に
頬をさしだす

マッチ売りの少女

マッチ売りの少女は
昼間の街かどのトイレで
マッチをひとかごぜんぶ燃やした
香ばしい青いけむを
胸いっぱい吸いこむと
からだがふわりと浮いた
吹雪が一つのかどに吹き積もる
しあわせなひとには
ふしあわせな者からも
しあわせにと祝福がよせられる
少女のからだは透きとおっていった
ポリ袋をよじったように
べたついて浮き上がり
天井板にはりついた
目のような黒いしみが
トイレを使いに入る人を
いまでも
かなしげに見下ろしている

抱かれる

追いつめられたヌーは
意を決したように反転して
逆に追跡者めがけて突進しはじめた
相手はそれを見ると
その場にごろりとひっくり返り
四つ足をあげ腹をみせて
まるで母親にあまえる幼獣のような姿勢をとった
おねだりしてるとわたしは思った
ヌーは角を振って相手の腹をねらった
ヌーの上半身は敵のしなやかな四つ足に抱きかかえられ
たがいに少しもがいたあと
ライオンの顎がヌーの喉にがっしりと喰い込んだ
愛しあうどうしの激しい抱擁をみているように
テレビの前で息をひそめている息子とわたし

返信

すんだ目を持ち
かたよらないあなた自身のあなた
とても幼い時期に
あなたという純粋な目に出会った
「おはがきありがとう
あの、つらいけなげな子供の日々を
わたしはいまも毎日生きています」

月に住むうさぎは
もう千年以上ものあいだ
桂の枝しか食べるものがない

（『ウラン体操』一九九四年ふらんす堂刊）

詩集〈雪柳さん〉全篇

a. 白猫抄

彼女は美しい尻尾を持っている
からだとほぼ同じ長さで
先端の骨が一ふしだけかぎ形に曲がっている
小股ですばやく走るとき
しっぽは子供たちのなわとび遊びでゆすられる縄のよう
に
お椀形にゆるやかに揺れる
ほがらかな印象
彼女は折れそうな細い首をしている
始終おどおどし
一吹きの不意の風にさえ
身構える
逃げ足のはやい彼女の
唯一の落ち度は長い尻尾である
からだはすでに難を逃れているが
尻尾が残る
その尻尾をつかまれて悲鳴を上げる
美しい尻尾のゆえに
わたしはときどき彼女を自分以上に気遣う

b. 波

朝起きると
波が逆巻いていた
「荒いね」
紅茶のカップを前にしたむすこにつぶやいた
黙っているむすこの手許にしぶきがかかった
もうここも引き払わなくてはなるまい

c・内気な中学生

先生は
教壇の上で
すっぱだかで
威張っている

背がそんなに高くないくせに
いやに皮膚が浅黒くて
めがねの奥で
目玉がギロッとする

今日放課後に
演劇部の練習で
青い鳥のさいしょの場面で
先生は机にお尻をのっけて
股をひらいて
いばって
ぼくとミチル役の女の子に
さあ、早く寝ろ
と、どなる

d・ひとり娘

お母さんは捨て猫を拾ってきては
道徳のレッスンをくりかえす
わたしは失恋して
ドアにかぎをかけ
ギイギイ鳴るベッドにもぐりこむ
猫は餌の皿を前にして
いつまでもおあずけをくわされているらしい
なにひとつ口にせずわたしも三日の間ベッドの中
お母さんはやがて買い物に行くだろう
なにひとつおぼえなくてもそのすきに
猫は満腹するだろう

あと五日もすればわたしにも食欲が戻って
生きていたくない気持ちもどうにか遠のくだろう
――動物の信頼に応えるしあわせ

e．少女懸垂

こういう絵を描かなければならなかったひとの運命
こういう詩を書いて死んだひとの痛ましさ

日曜日の午後
疲れて
散らかった
部屋で

《夕陽学舎》
あの厚ぼったいねずみ色の門札は燃やされてしまったか
四〇年後に戻ってみると
人けのないテニスコート

今年も稲の実る頃
空に怒りの放電が走るだろう

白い紙も黒い紙もごみ袋に詰め込んであります
あす通りの集積所に出してください

少女は自分を研ぎ澄まそうとする

f．灯り

近所にゆりのすきな家があって
リビングの出窓にゆりを絶やしたことがない
冬の青い夕方白いゆりのこともあれば
曇りに薄いピンクのこともあり
風の吹きまくる日あざやかなオレンジ色もあり
晩夏にはやさしい黄色のすかしゆり
あふれるように活けたガラスの花瓶が

窓ごしにみえる
そしていつもショパンを練習している
（わたしはプレリュードがすきだ）
いつか
トラジックなコンチェルトがきこえたのはＣＤだったの
　だろうか
夕方の買い物に通りかかったとき

g．夏のスナップ

一枚目
カサブランカの香りがあたりに漂い
白い風が通りすぎていった
やっぱり生はいいわね
隣席の義姉《あね》がつぶやく
きゅうに大好きになる

二枚目
栗畑のクリーム色の花穂が咲きそろう
梅雨入り前の五月晴れ
強烈な青臭い発散
人の精液のにおいね
かたわらの友は飾り気がない
駅までの道すがら
眉をひそめる　顔をそむける
手で鼻をおさえる　舌打ちをする
十日足らずとはいえ
他人の生殖であるゆえに
許さない

三枚目
ちくちく刺す雑草
草やぶを踏みしいて
少し血を流し
皮膚にめり込んだ細かい刺に悩みながら
歩く　前進する

フミワケテ　行く
詳しく語る力のないものは
むっつりとして
歩く
落ちる　断崖
飛び込む　淵
じわじわと沈む　泥池

たのしや
ぼうけんのたび

四枚目

見晴らしは　牧場森紺色の山の稜線
足が浮き上がってくる
放心のせいで
白い木綿帽子や半袖シャツが
声といっしょに
ガラスの枠だけになる
ときどきこんなことが起こって

みんな怒っていないかと心配になる
クルミの木陰の茶店の蕎麦も
夕暮れの草むらの中のハーブ茶も
記念の指輪のように
枠だけになる
中身はいらなかったことに気づいて
ふたたび足が
浮き上がってくる

h．雪柳さん

ガラス張りの明るいホールに入ると
列のはしに空席をみつけて腰をおろした　すぐうしろの
席の知人に気づき、開会を待つあいだ首をうしろにまわ
して雑談をかわした
ふと左隣りの席の人の間近かな後ろ姿に視線がとまった
「雪柳さん」
わたしはその背中に小さな声をかけた

（この冬は風邪でまる三日のあいだ寝込んだ。その浮き沈みする睡眠の波間で、わたしははるか青春時代の恋の続きを生きていた。八時間ごとに枕元の錠剤を飲み足し、こみあげる吐き気を飲み込み、耳の後ろでがんがん鳴る雑音に悩みながら。）

（子供を床屋につれてゆき、大きな鏡の前に固定された黒い革張りの散髪台の腕に渡した小児用の補助椅子にすわらせて、待ち合い席に戻ろうとすると
ふと強い視線を感じた
背後から抱きすくめられたような
痛みをともなう手の気配があった
はっとして視線のほうに振り返った
店の隅に大きな植木鉢があり、せの高い観葉樹が植わっている。熱帯性の厚ぼったい葉の重なりのあたりから視線はやってきたようだった。席に身を落ち着け、呼吸を整え直してから、わたしはもういちど視線の源を探索した。中年のマスターのほかに三人ほど若い理容師が働いていた。パリっとしたブルーのそろいの上っ張りを着て、きびきびと客の頭髪に指をあてている。盗み見でひとりずつ観察したが、だれひとり視線の主とは思えない。それに彼らのワーキングスペースは視線を感じた方向とはまるで重ならない店の前方中央だ。待ち合い客の視線と張り巡らされた大きな鏡の両方から映し出されて余分な視線を送り出す余地はまったくあるまい
あの鉢植えには見覚えがある
先日店の前を通りすがると、軽トラックが停車していた。荷台のうしろからおろした板の上を両側から二人の作業員が大きな紺色の陶器製の植木鉢を樹木ごとななめにかしげて回しながら降ろしていた。床屋のガラスのドアが開いていて、わきには取替えられる植物がややたるんだ葉を街の外光にさらしていた。運び込まれるほうの樹木はふさふさと繁って緑がつやつや輝いていた
あの観葉樹のどこかに強い視線を放つ熱源のような眼がはたして付いているのだろうか
あるいはわたしのあまりにも生々しい錯覚だろうか
息子は首すじを高く刈り上げられて、紙相撲の力士のよ

うにちょんと抱き下ろされた。）

「雪柳さん」
わたしは軽く名を呼んだ
隣席の男はふりむいた
見間違いではなく
昔と変わらず
雪柳さんは清々とした表情で微笑した
わたしはこどものように安心してまた後ろの人との雑談に戻った
だがふと気づくとわたしのからだの左側が雪柳さんの右側にぴったりとくっついていた　あわてて身を引こうとしたが、逆にからだは吸い取られるように隣席の男の体温の在りかのほうへすでに流れはじめているようだった

長丁場の会議は午後のプログラムの前に、入浴と昼食の時間を設けていた　出席者は三々五々ホールを後にした　周囲から人けが引いて、わたしはぽつんとひとりで席に残っていた　休憩をすませた人がさっぱりとした様子で戻ってきて、わたしをうながしてくれた
むこうの人混みの中に体格のよかった夫によく似た人が湯上がりのほてった顔をして歩いているのが見えた　そうだわたしもおふろにはいらなくちゃと立ちあがった
後ろの席の人も雪柳さんも
もうどこにも姿がなかった

（熱が下がるにつれて意識のほうは底からゆっくりと浮かび上がっていく感じがした。そのたゆたいのなかでまだありありと夢の続きを求めていた。こんな夢をみるのは薬のせいだろうかと思いながらも薬がさらに深く、さらにもっと別のシーンへも連れていってくれないものかとはがゆかった。いっぽうで、遠ざかる船のように、だんだん薄れていくものをもう追いかけても無駄なことも感じていた。飲み足りた乳をまだまさぐっている子犬のように、時ならぬ夢に甘えていた。小学生の通学路の途中で見た、生け垣の隅に道のほうへ咲きあふれている白い雪やなぎが写真のショットのように網膜に映った。風光る朝、雪やなぎの優しい雪崩を今年もどこかで眺め

る楽しみに胸が熱くなった。）

i・小さな酸化

硫黄と
燐とパラフィンの
小さな酸化
マッチの軸の先端の
円錐形の
夕陽の燃焼
崩れる昆虫の
渦状の這い跡

ネ
ル
1
7
5

7
トリノ

テーブルの上で
朝のポプラが
青の
裏とおもてに
翻る

j・荒川堤

荒川の河川敷には二度しか行ったことがない。これからもめったに行くことはないだろう。もう三十年近く、都心から湘南の方面へ私鉄で一時間ちょっとのところに住んでいる。それ以前はJRの中央線沿線にいた。両親は地方からの移住者でわたしの幼い頃は出身県の旧藩主の私邸の敷地に住んでいたので、周りには肥後弁の人たちがたくさんいた。最近、中学生の頃に読んだ本について書く機会があって、思春期のころを思い返すことが多くなった。

荒川堤には中学を卒業するまでに二度行った。初めて行ったのは小学六年生のとき、高校を出たばかりの姉が級友宅に遊びに行くのに連れられていった。吉長さんというその少女と姉は大変仲がよかった。部屋の様子はちっとも覚えていないが、しばらくしてから荒川堤に行ってボートに乗った。ほとんど口を利かないわたしに姉は手を焼いて借りてきた猫のような子でごめんなさいねと吉長さんに言い訳をしていた。吉長さんも弟さんを連れていて、二人とも色白でほっそりしていた。ボートの上で姉と吉長さんを真ん中にして弟さんとわたしは両端に座っていた。午後のことで少し風が出はじめていた。四月になったらあなたたち同じ学校に行くのよと吉長さんが言ってほほえんだ。わたしはほんとうの女のひとに会ったような気がしたが、あいかわらず黙っていた。緑の草地と眠いような川の青。はるかにもっとうす青い空。風は気配ほどにあたりを揺らしていて、ひろびろとして気持ちがよかった。

二度目は中学で机を並べていた加藤さんをお見舞いに行ったとき。お父さんにあいさつしてから二階の部屋にあがり、紅茶とケーキをいただいた。それから二人で荒川堤へ行った。堤防の奥の並木のみどりが濃く、白い服の人影が散らばっていた。草の上に座って川をながめたり、川沿いに少し駆け出してみたりした。クラスの男の子と喧嘩してからずっと学校を休んでいた級友は機嫌がよかった。縮れっ毛を長いお下げにしていて、お下げの先がくるくると巻いて、胸元と背中でときどきポンポンと弾んだ。彼女は少し前まで『赤毛のアン』に夢中だった。何を話したか覚えていないが、彼女は長い両腕をのばして手のひらを合わせ、体を左右に振り回していた。そうやって喧嘩相手の男の子が好きだといった。高校にはいってから、彼女が亡くなったことを知らされた。

ときどき遠くへ呼びかけたくなる。荒川堤に行って、川の向こうへ、空へ、その先へ、大声で呼んでみたい。吉長さあーん、加藤さーん、そして子

供の頃に死んだ弟たちにも、桂《けい》ちゃーん、章《しょう》ちゃーん、
そしてもう一度、かーとーさーあーあーあーあーん……

k．天沼橋

天沼橋の下を川は
流れていない
橋の両側にあるのは
岸辺ではなく右手にぽつんと印章店
左手は保険会社のビルや予備校
ケーブルテレビ会社のビルと白いパラボラアンテナ
ツツジの植え込みのわきはごみ集積所
タクシーが数台止まって運転手たちが降りてたばこをふ
　かしている
それから新宿の方へ向かって下る途中には宗教団体の巨
　大なホール
ひっきりなしに走る車の排気ガスに耐えている樅の老木
　一本

橋は甲府方面に向かう青梅街道の一部で
ＪＲの中央線・総武線をまたぎ越す坂道の陸橋だ

神田川沿いに小学校に通った
当時の神田川は青みどり色のドブ川だったが
小学校のゆきかえり
橋の上から流れをのぞいた

川が流れていようといまいと
国営鉄道が走っていようといまいと
橋から身をのりだして
風に吹かれるひとは多いだろう
いちども死にたいと思わずに
大人になるひとがはたしてあるだろうか

石の手すりに腰をかけて
めがけてくる電車に向かいあっているのは
あやうい青春の感傷の一つだった

それでも二階の窓から飛び降りたセーラー服は
布団をしっかり抱いていたし
一月の夜おそくかばんを抱えた通学用オーバーは
玄関の戸を開け降り出した雪を見て家出をやめた

天沼陸橋の横断歩道をわたって斜めの脇道を下りると
出てから四十年になる古びた両親の家がある
年老いた片親に会いに毎週ここへ戻るようになって
陸橋の手すりに
《天沼橋》とネームプレートがはめこまれているのをみ
　つけた
だが手すりには鉄板が継ぎ足されて
線路をのぞきようもなくなった
朝のラッシュ時間に駅のホームで
人身事故で電車がおくれると
アナウンスを聞くことがめっきり多くなった

1. どんどん青くなっていく

香椿《ちゃんちん》の木は
ゴールデンウイークが終わるころ
あわいピンクの絵の朱鷺《とき》の羽根のような
若葉が
きゅうにみどりに変わりはじめた
辺りのほかのどの木より高く
（二〇メートルはあるかもしれない）
人間をよせつけない
嫉妬ぶかい支配者が手をくだそうとすれば
真っ直ぐな幹をのこぎりで挽くしかないだろう
春の芽立ちは
青空に
晴れやかに
くるくると揺れて

やがてわたしは
二階の窓から見上げている

アンチゴネーのように
階段の途中で死んだ
兄をどうやって
埋葬すればいいのか

m・煙のごとく

寡黙な詩句が似あう明るい秋の午後
「たばこはやめたの」
といいながら細巻きの葉巻の端にライターを近づけた
やがて立ちはじめた青い煙が
テーブルごしに漂ってきて
怒りとも悲しみともつかぬものが
鼻頭を酸っぱくつきあげて
—琴はしずかに鳴りいだす*—

肩越しの
しんとした
秋の舗道に
放心の視線をさまよわせている

＊八木重吉『貧しき信徒』

n・スタラクタイツ・スタラグマイツ*

亡霊女　館の地下の墓室からかび臭い壁をつたってくるかすかな喚《おめ》きにさそわれて石の寝台から起きあがり壁の裂け目をすり抜けて奥へ入ると地面はぬるぬるして足元がすべり両手を突いて四つん這いに突っ伏したのです。ウプランドのすそがすっかり濡れて重くそのまま這って進みました。暗闇の中を地面がほの白くぼんやり光っていて吸い寄せられるようにわたしは匍匐をつづけました。声と思ったのは水の流れる音だったのでしょうか。

亡霊男　兄に襲われ泉のなかに落ちてせまい水の湧き出し口から逆さに沈んで行ったのです。氷のような水が多量に肺に入りぼくは呼吸が止まりました。あれから数ヵ月ぼくは着衣のまま逆さに水の通路に浮かんでいます。絶え間なくかすかに水音がたっており目は見開いたまま薄い金色の髪はたえず水の動きに吹き流されています。

亡霊女　這うということは女にとってそれほどの苦痛ではありません。両ひざ両の手のひらの皮膚は鏡のように滑らかな白い地面に愛撫されて破れて血を流すようなことはありません。もちろん皮膚の内側ではすでに出血ははじまっており手も足もやがてむくんで腫れあがることでしょう。地上に生きていたときのさまざまな形姿から解放されてわたしはいま人間の骨格をとどめたまま蝙蝠もしくは蚯蚓《みみず》になっていくのです。

亡霊男　いまここに生きたものは何一つなくすべてが無機質です。水の流れがぼくの頬や鼻の肉をすこしずつ運び去るでしょう。しずかに冷たく優しく。希うことはべつにありませんがただ水の流れて行く先にぼくもついて行ってみたい。幾年を経てぼくの骨格から析出した結晶の一片が運ばれるときに水に従っていきたいと思います。何処へと聞かず流れのままに。

＊Stalactites Stalagmites

メーテルリンクの戯曲『ペレアスとメリザンド』を土台にしたモノローグ。詩誌『蘭亭記』8号のテーマ「奇妙」に沿って書いたもの。

○・にぎやかな夕ぐれ

人々の群れる楽しさ
忠実な犬も
箪笥の上の猫も
目を細め
耳をすます
通りは赤白の提灯で飾られ
金色のイルミネーションが

ちかちかと星を青ざめさせる
夕方の青い薄闇の
奥深さ
バスがまばらな乗客をのせて
人影のない停留所を
勤勉に循環する
行き帰りに名残をおしむ
街を
去る人々のひっそりとしたため息
窓から
賑わうレストランの白い灯りがもれてくる
言葉は疲れて床についた
青と黒のコンビの
空間のベッドで
たっぷりと眠らせてあげたい
夕方から夜まで
起きて楽しむ人たちの
時間は
引き締まる

（『雪柳さん』二〇〇〇年ふらんす堂刊）

詩集〈*Surya* スーリヤ *Surya*〉から

七月二三日　大暑

暑くなるとSuryaの煙草が吸いたくなる
シンガポールのコンドミニアムに数週間滞在していた時
にこの煙草をはじめて吸った
ぼってりした甘さと苦さがまじりあった濃い香りからな
んとなく八重桜の花弁の重なりを思い　空き腹で焼肉
にかぶりつくような香ばしさに酔った
マレーシアの空港でインドネシア産の煙草と言ってたず
ねると　店員の女の子はDunhilのカートンを出して
きた　違うと言う私にこれはインドネシアの工場で作
っているのだと言い張った　Garamというメーカー
を言っても　首を横に振るばかりだった
東京に帰って　葉巻やパイプを売る店でこの煙草を見か
けた
あの舌を熱くする香りは丁子だったのだ

国産煙草と値段はさしてちがわない　東京ではまだ
　Surya を買わない

岩たばこの栽培

魚もうだる梅雨明けの蒸し暑さ
グロキシニアの花が枯れた
ヴァル・ド・グラース通りの下宿から三〇分ほど歩いて
ノートル・ダーム寺院前の広場のふち石にこしかけて
工事中の網をかぶったファサードを見上げていると
正午の鐘が鳴った
はじめいくつかは一つずつ鳴り
やがて連続して激しく鳴り
はげしくしばらく鳴りつづけ
やがて低く
遠ざかるように消えていった
うすい白雲がうかんでいるあたり

余韻がただよっている
日ざしが強い
（セーヌ川という名前はね、ラテン語の Sequana つまり
　地質学でジュラ系セカニア階の意味、ローマ人がつけ
たんだね）
連れがあるつもりになる

O pâle Gloxinia!
青ざめた岩たばこの花よ

ひと月前この部屋についたとき
マントルピースの上につりがね形の白い花が
二つぽっかりと咲いていた
マレーシア人のマダムがときどき水をやるように言った

右のくるぶしが治らないまま
初夏の町を歩きまわった

人に会うよりも
ひとりで町にいたかった

いずれ南の町に飛んで作家に会い
北の海にバカンスに出かけた友を追って汽車に乗るつもりだった

菩提樹の花がにおっていた

町じゅうににおいが満ちていた

教会堂の柵のねもとで
サンドイッチをたべた

公園でさっき買った本をよんだ

はるばる追ってきた義妹《いもうと》も帰っていった

グロキシニアの白い花が終わった

岩たばこの葉の
葉巻を吸っている
ねむれない夢の中で

葉巻にむせて
痰を吐いている
魚もうだる猛暑の中で
(もしや地球が公転の軌道をそれたら)

錆びたロードスターが走る
壊れたわたしを助手席に

熱湯の季節の中で
あえぎながら岩たばこを栽培している

モーヴの思い出

黄色い間垣の囲い地に桃の木が二本
薄桃色の花を満開にして青空に浮かぶ雲をとらえ
すこし傾いで（重なっているので一本に見える）立って
いるが
画集で見て知っているモーヴ色はもう少し青みがかって
いるんじゃないか
当時のゴッホにはこんな色に見えたのかしら
待ちわびた春が巡って来てほのぼのと華やいで見えたに
ちがいない
など思いめぐらしその絵葉書をくれたひとをおぼえてい
ない

その絵はいつのころからか宇野千里という画家が描いた
一枚の油絵
「下蘇我の早春」を想わせるようになった。こちらは藁屋根と、葉のない樹木の太く白い幹で限られた畠に稲積みが二基円く積み上げてあってかたわらに背の低い白梅が数本咲いている。稲藁の黄色がぽーっと光って、奥の青い森陰を背景にして浅い春の透明な光を漂わせている。新聞紙にくるんであったこの小版の油絵を学生のころ神保町の草土舎に持っていって額をつけてくるように言い付かったことがある。いい絵ですね、若い店主がそう言った。この絵がいまわたしの手許にあることは、形見分けのようにきょうだいたちに家の中の物を分け与えたある時期の母の配剤か。特別な思いもなく、いま殺伐とした家の居間に架けているが、ときおり吸込まれるようにこの絵を見つめるようになった。そして、たぶん絵葉書をもらってからだろう、「モーヴの思い出 Souvenir de Mauve」が「下蘇我の早春」に重なって見えてきたのは。

注意深い鑑賞者であればこの絵の原語のタイトルを調べて、わたしのような勘違いは免れるだろうに。モーヴは桃の花の色ではなかった。蘇我は奈良県の古い地名だが、モーヴはそうでもなく、人の名。故郷オランダの恩人の訃報を受けたときちょうどこの絵を描きあげたところだったので、すぐ絵に書き込まれたという。
ほんとうのタイトルは「花咲ける木」。

宇野千里というひととゴッホというひとがわたしの中で
しだいに重なってきている

美少女・美少年

ようやく並べて書ける年令になった
家族のことではない
友達のことではない
知りあいのことではない
アイドルやキャラクターのことではない
もちろん自分やあなたでもない
物語の主人公でもない
ただの
言葉
ただの
単語
をこわくて書けなかった
美と少
二つの言葉の裏に
貼りついたのろいが
拉致事件の空恐ろしさで

美少女

CDがうるさいですかとあなたは聞いた
ずっとあとでその声が香り立った

美少年

ことし桜の散る頃はぼくはもういないよ

院長令嬢

いや、俺は今回は死なないと
煙草を所望した
シガレットをメスを扱う手つきで
半切して吸う日々がしばらく続いていた
その手さばきを見守る人たちがいた
幼い愛娘の耳裏に沈めた気鋭の手練の
落日の光輝（の幻影）だったか
かつては若い軍医だった
基地の港町の開業医だった
北の没落した旧家の出だった
「いや、今回は」。
去年還暦を越えた令嬢の華奢なうしろすがたを乗せたタ
　クシーが
若葉の陰を墓地のある山寺へのぼっていく

うどんこ病がうっすらと

子どもの胸の高さの垣根に桃色のつるバラが咲いて、玄関までの小道には鉄のアーチが渡してあり、そこからも小さいバラが垂れさがっている。生け垣からはむらさきつゆくさやひげなでしこものぞいている。

アパートの玄関はうす暗く冷え、奥の居間はもっと暗く、彫金家（だと大人たちが言っている）のタカノさんの奥さんがひっそりと、子どもたちの駆け回るはだかの足をゆるしてくださる。

昼をまわると空気がむんむんと蒸して、つるバラの花を虫が飛び廻り、うどんこ病が丸い葉をうっすらと覆う。暗い居間のすりガラスの陰に痩軀のおじいさんが影のように立っていらっしゃる。


バラの季節になると、近くの住宅街をフェンス越しにのぞいてまわる癖がでる。美しい大輪のバラを見ても満ち足りない。ようやくくぐれるほどのパーゴラに這い登る小さいつるバラを探している。ごくありふれたピンクの花をびっしりつけるつるバラ、花の房にはかならず緑のつぼみが数個よりそっていて、つぼみの先はぎざぎざのひげになって、やがて開く花を支える萼になる。運よくそんなつるバラが見つかると、顔をほころばせて視線をさまよわせたあと、美味しいところを一番さいごに残しておく子どものように、花の茎や葉をうっすらと白い病いが覆っているはずだと舌なめずりをする。

東京キッド

東京のJR中央線荻窪駅南口にポッケという喫茶店があって、彼とはいつもそこで待ち合わせた。翻訳詩集の後書きを五回書き直させられた。五回目の書き直しをめくりながら、あれ、だめになってしまったね、とつぶやいた。またべつの検稿をお願いしたくて電話すると、見てあげたいけど具合が悪いので、と言った。光明院の境内を抜けて、はじめてお宅にうかがうと、彼はパジャマで、寝床から起きてきた。台所で原稿を見てもらっているあいだ、ベッドの枕元のファックスが紙を吐出し続けていた。彼は家にいらっしゃいとはけっして言わなかった。そのとき、部屋の四分の三を天井まで届く本の山に仰天するわたしに、本で埋まって住めなくなったもう一部屋が隣町にあるのだと話してくれた。十日もたたず、訃報を受けた。ふたたびこの恐ろしい家を訪問し、物言わぬ彼によりそうアッチャンに白バラを贈った。

（『*Surya* スーリヤ *Surya*』二〇〇二年思潮社刊）

詩集〈ジャンヌの涙〉から

ジャンヌの涙

きょうはジャンヌ・ダルクの涙を持参しました
同席の女性が言うので
いよいよ日本にもジャンヌ・ダルク教会が創られたのか
仏舎利やキリストの衣のように聖遺物は
ジャンヌ・ダルクの場合は
涙であるのかと
想像した

ジャンヌのからだのものはすべて燃えてしまって
心臓の一部だけ燃え残って川に捨てられたともいわれる
もはやすべては伝説にすぎなく
涙は
赤く
大粒で

ジャンヌは裏切られてのち
涙をながしたことはなかった
とわたしは思っていた

涙の段階はもうとうに過ぎている

身を捧げるという美しい言葉のなんという恐ろしさ

ジャンヌ終焉の地で
気が遠くなるほど時が経って

アジアの老婦人が
旅のみやげに買った
ココアパウダーをまぶしたナッツ菓子は
真っ赤に
大粒

舌の上で
ゆっくり崩れていく

残夏考

一九四五年夏
北九州の
真昼の県道で

六才の少女が
母をとびこえる
けものの仔のように

「平島温泉」では
ガラスのように澄んだ
熱い湯が
湧き満ち

川沿いの
草むらに
紅緒の
藁ぞうりを
踏み入れ

さようなら
大切な季節
さようなら
いたたまれない夏

残夏は
すすり泣くような冬の日没とはちがう
もっと無口な
もっと余裕のあるやさしさ

思いの深いもつれに
分け入らなければならない

言葉で
あたらしい
友

愛が
たったひとつではないことに
気づく驚き

青い果汁の苦み

それこそひとに湛えられたものではなかったか

げんしゅくな時限を
生かされるべく生まれて

小さな二枚貝のかたちをした
きいろい蝶を追い

足は棒である。

人物画の授業で
いつも薄茶色の上っぱりの山崎先生が
わたしのデッサンをのぞきこんでおっしゃった
「うーん、おまえの足は棒だなあ」
学期末の通信簿はオール5を達成しなかった

先生、わたしとうとう
足が棒になりました

こうやって

教会通りの裏道で
男の人に呼び止められた
「衛生病院へはどう行けばいいんでしょうか」
「さあ、この辺のものでないのでわかりません」

衛生病院は弟が死んだ病院だった
それを知らないだなんて
なんでもこうやってどうでもいいものになっていく
すべてがこうやって…

南へのバラード

☆

夕方になると
弟がバイオリンをひきはじめる

休学中の弟がひく単純なメロディー
シルエットは薄闇のなか

夕方になると
のどの奥がふるえはじめる
じぶんのものではなかった旋律
あまくもかなしくもなく

☆

香港　シンガポール　クアラルンプール
三十代の始めに国外に出た
それぞれの国に後ろ髪を
引かれる間もなく
移動する
（先端を追って）

はじめの一年はつらい
上司とそりがあわなければいっそう
それはくじに当たるようなもの

それから雪解けが乾いた地面をうるおしはじめる
季節が肌の奥から
うっすらと
浮かび上がってくる頃
次の任地へ

休暇をすごした南アフリカの
サファリの車で
キリンとすれちがった

愛するものは
これだ
北陸の夏　虫取り遊びに熱中する少年が
脳髄の奥にいる

あ－い－す－る
肌の奥のふるえ

うつくしい

熱

あのたまらない眼
あいつは
たしかに地球を診ている

あ－い－す－る
意思をくみとる

☆

ロングバーで
グラスを合わせた

ある時期の
おなじ記憶をもつ
ふたりで
あるひとのために

こんどは
あの精神に
強靭なからだをいれて
うまれてきてほしい

池袋駅で
自作詩集を

売っていたことのある
社長

のために
シンガポールスリングの
グラスのふちを
中年ヤンキーたちの喧騒に
かき消されてもなお
かちあわせて

ベランダに立って行くと
他人のものだったはずの
スコール上がりの夕空が
ネオンに焼けはじめる

☆

わたしは将来モザンビークに住むでしょう
家を青空教室にして
ちびちゃんたちを教えるでしょう

おにぎり屋を経営して
ポルトガル米を買い付けるでしょう
日本のお米にいちばんにている
きっとおいしいおにぎりで
あのこたちは文字をおぼえる
力がわくでしょう

キリンと
おなじまなざしをした
ちっちゃなくろびとたち

たぶん
帰らないでしょう
あのちいさなくにの
わくにはいりきれないほどのものを
わたしはもう
みた

わたしたちはひとりになるでしょう

悪の伝説――永遠に対照的なるもの（コラージュによる）*

聖書では悪魔の存在がしばしば語られる。天使が信じられればそれと同じ強さで悪魔が信じられる。

ジャンヌ・ダルクは天使聖ミカエルの声をいくども聞いているが、中世の信仰では悪魔はときに天使に化けて現われるとされていた。

一四二九年二月二五日の夜、シノン城にジャンヌが現われたとき、ヴァンデの領主ジャン・ド・クランの孫ジルは王太子シャルルに伺候していた。

一一才で父母を失い、後見人となった母方の祖父クラン公とパンチエーヴル家との戦いでジルは一六才で初陣を果し、殺戮の最初の味をしめた。

孤独で、感受性が強く、幻想にひたりがちな青年で、信仰もきわめて篤く、また同性愛の傾向をかいま見せる官能の欲望のきわめて強い騎士となった。

ひとりの小柄な小姓がしっかりした足取りでいきなり入ってくる。その黒と灰色の粗いラシャ地の衣服は、数百人の宮廷人たちの金襴、銀糸と白テンの毛皮、刺繍をほどこした絹の上着とはまったく対照的だった。

あかるい緑色の目、頰の高い骨ばった顔、お椀型に短く刈られた兜のような格好の黒くくすんだ髪。素足で歩く習慣のせいである、ほとんど動物のようなしなやかな歩み。

あかるいまなざしを持った少年のような小姓は、自分は「天上の王」から遣わされ、日ごろ天国の聖人聖女たちと話をしている「la pucelle illuminée 神がかりの処女」であると主張する。

宮廷は彼女に軍を率いさせることにし、王太子のいとこダランソン公と忠実なる臣ジル・ド・レ殿が護衛につく。

「肉体そのものの純真さと、顔からさし出る純潔無垢の光が、きわどい言葉やなれなれしいそぶりを完全に挫いてしまう。もしジャンヌが娘でもなく少年でもないとすれば、この世のものでない天上の光があるのは彼女が天使であるからにちがいない」

ジルは自分が愛しているもの、自分がずっと以前から待っているもの、それは若者であり、いくさと遊びの仲間であり、同時に女であり、そして後光に包まれた聖女である、王座の間に入ってきたジャンヌを一目見て、即座にそれを認めた。

ずっと後の時代に、アルチュール・ランボーはその詩で、「教会の長女」といって自国のカトリック信仰の篤さにうんざりしたが

このまだ粗野で素朴な時代には人間らしい精神は信仰の中にだけ息づいていた。

生き物を狩る領主支配階級と生の糧を育てつつ支配される農民たちと。巨大なヨーロッパ大陸中央部の西と東に生まれて、対照的な生の基盤を持つ若者どうしの奇妙な出遭い。戦争という、それも敗戦に傾く非常事態の偶然によって。

陣営の夜、ふたりは聖人と守護天使たち、悪魔と悪意の仙女たちの存在について語り合う。その出自とその育ち方の違いが、ふたりとも同じように持っている魂の声の解釈の違いを生んでいることを悟る。ジルには悪の声と聞こえ、ジャンヌには善き声と信じられる。

ノートルダム・ド・ランス大聖堂の聖別式のため、ジルはサン・レミ聖堂に保管されている歴代フランス王の聖別に用いられる聖油瓶を受け取りにいく。一四二九年七月一七日に聖別式が行われ、祭壇前にぬかずく未来の王はジャンヌを右にジルを左に従えて大司教から塗油と王

冠を受ける。

九月七日のパリ攻撃のみじめな失敗。戴冠した王はジャンヌを疎みはじめる。政治家の血が純なるものの不幸な未来を警戒させ始めた。

一生懸命になればなるほど破滅が待っている。（山浦玄嗣）

ジルは少し違っていた。政治的な野心を持つには孤独すぎる家系だった。

「あなたの中には火がある。しかしその火はたぶん地獄の火なのだろう。…あなたがいてくれるのでわたしは心暖まるのだ。わたしは思想など持ったことは一度もない。しかし今年の二月二五日にあなたがとつぜんシノン城にやって来た時から、わたしのこの貧しい頭の中にとどめることのできる唯一の思想は、ジャンヌという名の思想なのだ」

ジャンヌの傷の上に唇をながながと当て、舌で唇をなめる。「ジャンヌ、わたしはどこまでもあなたについて行こう。天国へでも地獄へでも！」

シャルルと母后ヨランドに拒絶されたジルは、幕友ラ・イールと小部隊を率いてルーアンに向けルーヴィエを出発する。

救出ならず、群衆にまぎれてジャンヌの火刑を目撃する。杭のてっぺんには一六カ条の告発を並べた立札がある。

「ラ・ピュセルと名づけられるジャンヌは、嘘つき、性悪女、民衆を瞞す者、巫女、迷信家、神の冒瀆者、自惚れ女、無宗教者、ほら吹き、偶像崇拝者、冷酷女、放蕩者、悪魔に祈願するもの、背教者、離教者、異端者」

司教コションの指図で一九の処女は牢番たちに強姦された。犯して殺す。権力の嫉妬は徹底している。

そこまでやるか。生焼けの眼球がとびだしたむごたらしい死骸が曝され吊り下がっている。黒焦げの肉の恐ろしい臭気が町の上にただよう。

この世のむごさを教会がしつこく民衆に見せつける。

ジルは城壁を逃れ錯乱して泥の中に突っ伏し、死んだようにころがっている。

所領のヴァンデの城砦に引きこもる。酸鼻をきわめる悪魔の所業が始まるための邪悪な変貌。

ジャンヌの火刑の一年後、祖父ジャン・ド・クランが亡くなる。「強欲は狂信と比べたら、人を殺す率はずっとずっと低いのだ」祖父は孫の狂信を案じつつ莫大な富を遺した。

Tiffauges　ティフォージュ、不吉な、だが美しい響きの城の名である。

Machecoul　マシュクール、ジルが育ち、捕えられた城の名である。

清らかなるものの凄惨な末路。

ド・レ将軍の内なる信仰心は探索を求めた。あの酸鼻なる処罰に値する悪とは、実際はどんなものであり得るはずなのだろうか。

祖父の遺した富をつぎ込んでジルがオルレアンで催した奇妙な詩劇祭。この二万行におよぶ聖史劇にまつわる数々の奇行。

飢えた魂はさらに残忍に犠牲を追い求める。

ジャンヌの死から九年後にナントで刑死するまで、この稀代の殺人鬼が犠牲にした幼児の数は十から八百まで諸説あるが、『グラン・ラルース』は一四〇から三〇〇人ではないかとしている。

ジルの裁判記録も残っている。この中世の善と悪を身を
挺して生ききった三七才の男は
シャルル七世、為政者よ、あなたを唯一の王として聖別
するため命を賭けた両脇の若者ふたりは共に悪魔と呼ば
れて火あぶりにされた。
ジルは、ジャンヌの解釈である。ジルの邪悪はジャンヌ
の清純を目に見えるものとするための地の色。白の羽の
ための黒の布地である。

＊　M・トゥルニエ著榊原晃三訳白水社刊『聖女ジャンヌと悪魔ジル』と三木宮彦著未知谷刊『ジャンヌを旅する』から、共感する文章を抜き出し、他を書き足して構成した。写真家や華道家のように、自分の外の世界に発見した魅力的なマチエールを使ったコラージュによる詩篇である。

すいかずらシェーブルフイユ

十二世紀後半イギリス王アンリ二世の宮廷でレーと呼ば
れる小物語詩をつくっていたマリー・ド・フランスはフ
ランスで最初の女流詩人である
技師が図面を引くように画板を斜めに立てかけて詩を書
いている裾長の衣のマリーの彩色のミニアチュアがある
（美人だ）
小野小町は九世紀末の人だから、それより三百年も後の
人だけど
古代ケルトの伝説を八音節の韻文詩にしたレーは読み人
知らずが多いが、マリーはかろうじて名が残った
「わが名はマリー、フランスの生れ」の一節によって。
マリーの作とみられる十二のレーのうち、とりわけ「ト
リスタンとイズーの物語」を題材にとった「すいかず

ら」はいまなお読まれている

「ふたりはこうしてたがいにからまる
すいかずらがはしばみの木に巻きつくように
ふたりはそのままじっとしている
引き離されたすいかずらは願う
はしばみの木をはやく死なせてください
わたしもいっしょに死にましょう
麗しき恋人よ、
わたしがいないとあなたはいない
あなたがいないとわたしはいない」

小藪のふちにすいかずらがにおう
はつ夏の青い空の下
通りすがりにふとたたずんで
やさしいにおいのもとをさがせば
うすい砂色のきゃしゃなくちびる
葉のかげにかくれて咲いている
ささ藪やくぬぎの幹につかまり立って

優しい人よ　忍んできた冬をもうわすれたかのように

恋人の墓にのびて行くすいかずらのつるは
断ち切りがたい恋のしるし
ケルトの伝説には激しい恋物語が多い
あるいはそんな稀有なドラマだけが幾千年も語り継がれ
るのかもしれない

ポール・ルイ・ロッシの詩にもそんないたましい恋を歌
ったものがある
ケルトの美女デルドリューが愛の証しに岩に頭を打ちつ
けて死んだという伝説

宅地造成された東京近郊のこのあたりでも
小藪の茂みにすいかずらが咲いていることがある
淑やかな匂いが通りすがりに足を止めさせる

どこにでもあるこんな野生のつる草（フランス名は山羊《シェーブル》
の葉っぱ《フィユ》）にも昔の人は心に残る物語を添わせた

あるいは人の心に眠る底知れない激情に祈りを捧げたの
かもしれない

LAMENTO

かつて樹木は人間だった
(月桂樹《ダフネー》になった少女)
長いあいだ心を閉ざしていたので
口をふさがれ
ひとを訪ねるのをいやがったので
手足を失い
肌を触れ合うことを拒んだので
からだじゅうかさぶたで被われ
人里はなれて
生き埋めにされた
森はかつて刑場だった
でもいまは
救いを求めて人間がやってくる
さまよう心をしずめてほしいと
不吉な予感をぬぐってほしいと

人は樹木に問いかける
ゆるしてくださいあなたたちがたよりです

お使いの川

一年の最初と最後に
同世代の友人ふたりを亡くしたので
この世とあの世が
近ごろほど近づいて見えることはない
間を隔てるという「三途」と名乗る川も
利根川のような悠然たる大河ではなく
近所の「境川」ほどのものにすぎないと思える
ひざが沈むほども水嵩がないので
舟に乗ることもない

スカートのすそをほんのすこしまくって
じゃぶじゃぶ歩いて渡れそうだ

死もすっかり日常化して
スーパーにおかずを買いに行くような身なりで
つっかけを履いて家を出ればすむ
玄関に鍵なぞいらない
ちょっとそこまで、すぐ帰ってくるからね

なーんだ人生って
そんなに深々としたものなんかじゃないんだ
ふっと気がつくと
隣の人がいない
ふりむくまに姿を消す
猫のすばやさで

約束は
だからあるのだ
あまりにもつかのまの
この世の生に
楔をうちたくて

秋

めじろいろのTシャツと
深く切れ込んだ河原なでしこの
白い花弁のようなパンツ
後ろからでは男の子か女の子かわからない
ちかよってのぞきこんでみたい
瞳をみつめればその謎はとけるだろうから
でもいっしゅんとまどいの色がその上を走るのを
見たくはないのでそうはしない
どっちでもかまわないという気持に
すでに落ちついている
そのかわり
それぐらいの距離をとって
あとをつけたい

たとえなにかの誤解を招こうと
そのひとの姿を
このきんいろの斜めの光の中で
しばらくのあいだとらえていたいから

いなくなった真っ白い猫
いつも膝にきて前足をきれいに揃えてわたしの胸に当て
うとうとしていた
あの猫
ふた晩留守にした間に
姿を消した
こっとりと
もうけして姿を見せない
死んだとは思わない
こどくなおんなの
膝にああやって前足をあてて
うつらうつらしている姿が
あざやかに見えるから

もう訃報にしか心動かない身だと告白はしまい
ふと前を足早に歩いて行く少女（少年）が
あの白ねこのような気がする
けさ食卓ごしに梅の木の
葉の陰にちらと動いためじろ
いろのTシャツ

花苗の店で
久しぶりに見た白いなでしこの
深い切れ込み
ちぎれてしまいそうにふかく
花びらのあいだが切れ込んで
一枚のまっしろな紙を
くしゃくしゃにまるめ
もういちど半分だけそっとのばした
あの乱れかた
あの鋭さ
あの無念さ

かわらなでしこは川の蛇行を
胸いっぱいに抱き取る力はもうないのだ

献月譜

三月　ゆきやなぎの月

未来へ！
このやるせなさ
にがい視線は
芽吹きの不安と
こすれあう

六月　伯母の月

杉並の家の前の路地で
下駄に素あしをハの字にして
普段のまま　でも帯締めはして
めがねでわらっている
ひとり身で年寄って
たったひとりの弟の奥さんに
（わたしたちの母だが）
あからさまに敬遠されて

やさしかったおばちゃま
……

八月　オリーブの月

引っ越してきてすぐ
駅前通りの書店で
訳詩集を買ったとき
わたしは妊娠していた
白い表紙をひらくと
真っ青な海がひろがった
はるかな沖で潮が音をたてていた
乾季の地層に

ちいさなまるい種が
蒔かれた
――あなたの手で

日ごと膨んでいく
腹の上に
よみさしのページを伏せて
眠った
幾らでも深く
潜ってゆけた

（『ジャンヌの涙』二〇〇五年水仁舎刊）

詩集〈幻影の足〉全篇

西の丘

まぼろし

落ちていた埃を
手のひらに拾うと
鼠のかたちの影になった

夕闇の部屋で

このあたりでは
ついぞ見かけなくなった
害獣を
殺すことにも慣れたと言っていた

首都の谷間に住む妹の

息子に子は生れただろうか

セレナード

夕方ドアを開けると
雨はあがっている
三十度を超える真夏日がきて
その前日は夜どおしの雨　明け方に雷が鳴った
梅雨は明けたと思っていたが
今日はまた朝から降りどおし

雲は薄くまだあかるい
七夕の夜

何年ぶりか
小さな笹飾りを立てた

夜の九時

西の空の雲の切れ間に
溶け出しそうな四日月
闇の中にしばらくたたずんでいると
頭の真上に
ただひとつ

エストレリータ
みずいろの小さな星

豊坂

とよ坂に午後の陽があたって
ローラースケートで滑り降りていく
足の裏がでこぼこして
爆発しそう

日本女子大附属豊明小学校の
コンクリートの高い塀から

少し緑の葉っぱがはみだして
塗りたくって色あせた景色のようね

とよ坂はまだ半分もくだっていないのに
倉持さんのお屋敷のお勝手口の
くぐり戸に
激突

母はあやまりに行くのだ
憤慨した母のかん高い声の先っぽから
坂はおおきくカーブして

高田豊川町のアルマイト家内工場の
生臭い夕方のまん中に
軸の折れた車輪といっしょに
吸い込まれていく

西の丘

西向きの窓からまばらに樹木の並んだ
丘がみえる

カラーの鉛筆のよう
ギターを背負ったり
犬に引っ張られたり
離れたり重なったり
丘の上を歩く人たち

あそこ
すぐ近く
ここから歩いて行けそうな

壊れていく
少しずつ
毎日

夕方　丘はシルエットになって
とき色に焼けた空に浮かび上がる
中原淳一の西洋物語の膨らんだスカートの少女になって
鳥もシルエットで飛んでいく

こんどあの丘まで行って
尾根を歩いてみよう

窓から呼びかければ
手を振るかもしれない

丘の記憶は
やがて削り取られるかもしれない

でも今は
丘の上から
ゆっくりゆっくり
落ちて行く

ユリの木の下で

「ろうこしいき」*を拝観したあと
おうせいに若葉を盛上げているユリノキの大樹の
下のベンチで風にあたっていると
タバコを吸ってもいいですか
男の人が同じベンチの反対側のはしに来て座った

シガレットを一本おいしそうに吸い終えると
ドロップいかがですか
いいえ、けっこうです
さっき床屋でくれたんです　どうぞ

遠慮するつもりだったのに
新しい缶の封が切られるのをみて
もらってもいい気がしてきた

四角い缶を
手のひらの上で

逆さに振るころはもう
少ししかないと知っている
白い薄荷の粒が出てくればいいな

ハッカをまぜて三粒
いちどにほおばった
若葉をとおる風の味がした
くれたひとも
ドロップをなめた

弘法も筆の誤り
わたしがいうと
弘法は筆を選ばず
ドロップス氏はいった

しばらくたってドロップス氏は
ベンチを立った

やがて
わたしもベンチを立った

ドロップス氏は
足を引きずり杖にすがって
駅への道を歩いていった

植込みの新緑ごしに
遠目にうしろ姿を追いながら
歩調をおさえて
わたしも駅へ戻った

定年退職してから
すぐに足が悪くなった
ドロップス氏が
さっき話していた

*『聾《ろう》瞽《こ》指《しい》帰《き》』は、弘法大師が二十四歳の時にあらわした自筆の書物。二〇〇四年に上野の東京国立博物館で開かれた記念展で拝観

贔屓

猫が両耳を
たがいちがいに動かしている
晴れた秋の午後美術館に行く
毎日毎日をのんべんだらりとくり返す
歯科医院の治療台で金属の小さいコップにいくども水を
　注ぐ
パソコンのウェブページからコピーしたメリヨンのエッ
　チングを手暗がりで眺める
パリの通りの建物の空にカモメが無数に舞っている
壁時計の文字盤のラテン数字をたどる
サーティフィケートのタイトルの花文字
伏流水のこもった響き
けものの臭いのするまるでするめのような乾し筍
紙の大好きな小さな民族……

村

乙女村の入り口に
簡単な標識があった
ジャンヌ・ダルクとよばれたのは
後世のことで
当時の呼び名は
ジャンヌ・ラ・ピュセル

村の名前に残っている

草丈の低い
中世の風景を思い浮かべるには
少し戸惑いのある
じゃがいもと麦の畠がえんえんと続く
広大な見晴らしの
明るい乾いた風景である

村の通りは舗装され

スピードを上げて車が追い越してゆき
かなりの川幅の澄んだ流れを
黒い斑《ぶち》と栗色の斑の
体格のよい〈おかあさん〉たちが渡って行く
重たそうな乳房をはんぶん浸し
水の深さを測るようにそろそろ
緑色のつなぎ服の農婦《マダム》に見守られ
全員無口

古い教会の薄暗い隅に
黒ずんだ石の小さな水盤と
リタニーを印刷した紙片

司教さま
わたしは
許しますか

庭

母たちの世代の
農家の女性は
老鶏を裏につれていき
一声も鳴かさず
絞め殺した

夕飯に肉を食べるため

昭和十年代以降の生れの
わたしたちは
鶏を絞めることができない

もちろん技術も要るだろう
その技を知らない

わたしたちは
ひとに殺してもらって

食べる
庭のまんなかで
午後の光の中に
殺したあとの
母

実生の枇杷の木

黄色く熟れた枇杷の木の下を
肩掛けかばんの生徒たちが通る

けさ早く
お天気が良くて
ほっぺたに赤丸を付けたむくどりたちが
大勢押しかけてきて
さわがしい朝食を済ませて行った
道の上にやつらの食べ残しの
皮やら種やら
むごたらしく散らばっている

白いスニーカーを汚すな

今日の弁当に
種のはずれた枇杷の
炎のような半月が
のっているか

ママンの割烹着の胸元の
白いレースは夕方まで糊の匂いが失せないか

裏白を付けた藁の門飾りを
買って砂色に盛り上がった花の下を通ったのは
ついせんだって

雪野

祖母が雪野に深雪さんを残して
旅立った日から
わたしたちきょうだいは難民だった
あるいは絶望的な国際戦争にさしだす
虐殺のための若い弾だったかもしれない
わたしたちは祖母の罪のあとに
贖罪として胚胎されたのだから

だからわたしたちは借家を出て
ちらばり
音信せず
黙して生きた
それが自分らに定められたこと
恥と思う必要はない
ひたすらに卵のような抽象に
ひびの入るのを待てばよい

わたしたちに交信は許されていない
紛れ　隠れ
すべての欲望をひた隠し
立去りの季節まで
あとかたを見せず
人けを伏せ
息を殺して

裏切りはあるのだ
けっして覗くなと
戒めのわきから漏れる
噴出のように裏切るのだ

男たちの寿命は短い
女たちは長生きしていらだちあい
端のない糸としてからみあう

父よ
雪野には

なにもない

昼の時間——ユベール・ド・リューズの協奏曲による三つの詩

朝の飛翔

九月の朝の蒸し暑さ
いぜんとして暗い夏の炎は衰えず
CDが
押し殺したトランペットの支配的なひびきをくりかえす
ここ数年たえず海風になぶられるようになった
小動物は金銀の瞳を不安げに輝かせる
わたしもまた漠然とした不安のなかで
冷たい鼻先にキスをする

うしろめたい抱擁の闇にうずくまる影は
遠い祖先のたびかさなる虐殺の記憶でもあるのか

朝といえども身綺麗ではいられない
清純の季節は過ぎた
いまは恋敵に手足を奪われた歴史の闇のだるま姿の女性
にこそ
この鬱積の謎解きができるかもしれない
逃げ込む屋蓋《やね》の隅で手を合わせよ
寿命を乞え

無傷の瞬時
逆らえぬまま餌食にされる若仔よ
この日当たりのいい果樹園で
いつまでもメロディーが浮かび上がってこない

憂鬱な散歩、午後

わずかに逃れ出た明るみにふたたびの自由を
さぐることをピアノに許してほしい
幼い雌の仔でさえ
すでに献身のしぐさをかいま見せるのだから
不安を超えた本能の強さ
群れて生きるおおかたの知恵にうとく

それほどおぼつかなくさまよう午後
それほど空洞と化した頭蓋の中に
言葉を飲み込む
眠れぬ夜のために
さまよう昼のために
凪の中で不安に駆られる
はびこる草の条《すじ》たちのように
はやばやと播種を済ませ
余白の和みを飲み記憶に備えよ
たとえそれが尊大の
裏切りの
不審の
嫉妬の
いらだちの
憎しみの記憶であろうとも
追憶の
慚愧の
あこがれの
感謝の
愛の
記憶であろうとも
柔らかな草の上に横たわり暗い枝の繁りを
見上げてすごす一瞬の午後であっても

夕べの喧噪*

人々の群れる楽しさ
忠実な犬も
箪笥の上の猫も
眼を細め
耳をすます
通りは赤白の提灯で飾られ
きんいろのイルミネーションが
ちかちかと星を青ざめさせる
夕方の薄闇の
奥深さ
バスがまばらな乗客をのせて
人けのない停留所を
勤勉に循環する

行き帰りに名残をおしむ
街を
去る人々の深いため息
枝のさしかかる窓から
賑わうレストランの白い灯りがもれてくる
青と黒に領された空間のベッドで
言葉は眠る
起きている人たちの楽しみのなかに
このままメロディーなしで？

＊「にぎやかな夕ぐれ」（『雪柳さん』所収）異稿

幻影の足

甕棺

春が盛りに入って
緑濃い例年を迎えるはずだった

いったん芽吹いた楓の枝が
きゅうに新芽を萎ませはじめた

百歳を越え母が死んだ

まる四日の間　苦しい息を続けていた
五日めの朝　らくになった
眼をあけて
見て
にこーっと笑って
すっと行った

自分で呼吸を止めた

例年より早く入った梅雨の
降り止まぬ雨にさらされていた
黒く固まった枝の
向こうの空に虹がかかった

累代墓のわきの
わたしどもの祖父の石がゆがみ
土が沈んだ

埋《い》けてある甕が割れたようだ
またいとこのケンスケさんの
電話口の言葉だった

月の魚

月の沙漠を、はるばると　加藤まさを

月の砂漠の砂の流れを
月の裏側の真闇にすむ魚が
泳いできて
わたしの垂らす釣り糸の
とがった針を
可愛い口で
飲み込んで

魚は痛さに
痙攣し
わたしの糸が痙攣する
わたしの魂が
痙攣し

地球から来た
水の一滴

未曾有の愛に
失神する

月のくらやみの奥に眠っていた
目のない魚が
目を覚まし

針の刺さった可愛い喉で
つめたく重い
水を
飲んで死ぬ

残されて
青い地球の出を見上げている

エリデュック

フランス最初の女流詩人マリー・ド・フランスは、十二の歌物語《レー》を残している
マリーが美女だったかどうかはわからないが、ミニアチュア画のマリーだとされる裾長の衣の女性の被り物からは金髪がはみだしている
小野小町より三百年も後世のひとだ
マリーの十二のレーのうち、「すいかずら」はケルト伝説の「トリスタンとイゾルデ」の悲恋を扱ったものだが
主人公の名前「エリデュック」をタイトルにしたいちばん長い作品は愛のいとなみ《アバンチュール》の物語である
ブルトンの人々は、古代ケルトから伝わるさまざまな愛の物語をロートと呼ばれる弦楽器を奏でつつ朗誦した
いまは詩もメロディーも失われ、マリーの書いたレーだ

けが残っている
ブルターニュの若い騎士エリデュックには美しい妻があった
たぐいまれな騎士の心でブルターニュ王の覚えことのほかめでたかった
だが人の心は暗いもの、同僚たちは嫉妬のあげく彼を宮廷から追放した
騎士は妻を残してイギリスに渡り
軍功を立ててウェセスター王に迎えられた
王の姫ギリャドンはひとめで彼に恋し
けっきょくエリデュックはフランスに残した妻との誓約を破って彼女を愛した

やがてもとの王に危機が迫り、騎士はブルターニュに馳せ参じ
復帰がみとめられることとなった
エリデュックはウェセスターの姫を迎えに戻り

ブルターニュに戻る途中船が遭難の危機に遭い
姫を海中に投げ込めと忠告した水夫を殺してようやく港に着いた
エリデュックに妻のあるのを知って絶息した姫を
領地の礼拝堂に隠して城にもどった
妻は喜んでむかえたが、彼は気もそぞろだった
帰館後三日目にエリデュックは礼拝堂の姫に会いに行き
姫の遺骸を抱いて泣き明かした
やがてこのことを妻が知り礼拝堂で
「五月のばらの花のように美しい娘」の死んでいるのを見つけた
白貂の落とした赤い花によって息を吹き返したギリャドン
事情を聞いた奥方はどうしたらいいのだろう
先の妻ギルドリュエックは修道院に入った

夫は姫と結婚し幸せに暮らした
やがてエリデュックも修道院を建て、祈りの生活に入った
今の妻は先の妻の修道院に入って、ギルドリュエックとギリャドンは
ともに敬虔な生活を送った

「この三人の愛のいとなみ、
こころ床しのそのかみのブルトンびとは
歌物語にうたひこめて、語り伝へた
ゆめ忘れてはなるまじひものなれば。」

日本の女詩人も身を引いて
だが今の妻が五月のばらのようだったかどうかは知らない

茗荷の港

昔、ブルターニュにイスという名の町があった

どくだみの白い花が
見渡すかぎり咲いている野原を
明け方まだあたりが煙ったように
蒼くかわたれているなかを
朝露に足元をぐっしょり濡らしながら歩いていくと
ふいに海辺の町に出た
入り江に海が
まるい鏡のように光っている

*

町にはいると行く手に明るい灯りが漏れてくる
高い窓のある建物があり
近づいて入口の戸を細く開けて覗くと
中は広いホールで
人々が大勢集まっている
貝殻色の半透明の長い着物を着て

腰を昆布色のサッシュで結んでいる
髪は肩の辺りで切りそろえられ
男女の区別がつかない
年令も若いのか年寄りなのか
みな背が高くほっそりしている
ひだりの壁ぎわの人が
わたしに気づいて
入るように手招きをした

*

人々は低い声で談笑している
集会の温もりがホールに満ちている
手招きをした人が近づいてきて
わたしの手をとり
すっかりからだが冷えていますね
あちらの食堂で
温まってくださいと
すすめてくれる
奥のドアを押してはいると
大きな食卓について赤いお椀を両手に抱えて
朝食を取っている大勢のひとたちがいる
席につくとわたしの前にもお椀が運ばれ
茗荷のいい匂いのする豆腐のみそ汁をいただく

*

食事のあとホールに戻ると
さっきの人が
静かな物腰で
椅子に誘い
わたしたちは集会のあと舟に乗って
沖ノ島へ向かいますが
あなたもご一緒にいかがですか
と話しかけられる

*

わたしはけさ起き抜けに家を出てきたので
二匹の猫に朝の餌をやっていないことを思い出し
家に帰ってしなければならないことがありますので

と鄭重に断ると
そのひとは
そうですか　ご一緒できないのですねと
残念そうな
さびしそうな
顔つきをした

＊
突然まわりの談笑の声が
すーっと遠ざかって行った
わたしは少しめまいがした

気がつくと
どくだみの白い花に囲まれて立っている

茗荷の香りが口の中に残っている

ランボーの右足、エイハブの左足

メルヴィルとランボーは同じ年に生涯を終えている

小説『白鯨』のなかで、作者メルヴィルは片脚の捕鯨船船長エイハブに、次のように語らせている「今ここに眼にはっきり見える脚は一つきりだが、魂には二つあるのじゃ。おぬしがドキドキと生命を感じとる所、きっかりそこにわしも生命を感じとるのじゃ。*」

魂の感じる足はいつもちゃんと揃っているのだ

小説のなかで、エイハブは左脚を抹香鯨に食いちぎられたからだを、不便ではあれこの苦痛をもってあの鯨と再び闘いたいとすさまじい情熱を燃やす

ランボーは詩を捨てて実業で人生を作り上げようと東アフリカの砂漠と格闘したあげく、右脚を切断せざるをえなかった　すさまじいのは、北フランスの故郷の農家か

らたちまち憑かれたように再び南へ向かったことだ　幻影の足で歩いて

北アフリカへの入口であるマルセイユで死ぬ　魂は自分が人生をかけ、自分をまさに滅ぼさんとしている砂漠を歩いているのだ

小説『白鯨』である程度の名声を得ながら、人生の後半に十九年間ニューヨークで通勤生活を送らざるをえなかったメルヴィルはしかし七十二歳で命尽きるまで出版の見込みのない小説**を書き続けた

ランボーはたぶん同時代人メルヴィルの存在を知らなかっただろう　たとえ知っていてもどうというものでもない

メルヴィルは一八九一年九月二十八日ニューヨークで、ランボーも同じ年の十一月十日マルセイユで三十七歳の命を閉じた

ふたりのあいだには年齢としてはちょうど父と子ほどの開きがある

*原光訳
**遺作『ビリー・バッド』岩波文庫　坂下昇訳

マリアの家——旅の順序にしたがう三つの詩

マリアの家

「エフェソス都市遺跡のマグネシア門からほぼ四キロメートル、標高三五八mの山の上、交通手段の極めて不便なところに「マリアの家」がある。エフェソスの住民に代々語り継がれてきた伝説によれば、聖ヨハネはAD三七年から四五年の間にマリアとともに小アジアへ移り住んだ。山の中の礼拝堂「パナヤカパウル」への道を整備するため地元信徒に重い税の負担が課せられたが、「聖母マリアの最期の地」という先祖からの話を彼らは

かたくなに信じた。」

山中のひんやりした空気の中に静かな優しさ
鳥のさえずりが聞こえ
セルチュクの野の清々しい広がりが見渡せる
静かだが寂しくはない明るさ
出がけに東京のわが家の小庭に咲いていたのと
そっくりな小菊が同じ黄色に慎ましく咲いている
つつましいがどこか華やか
優しさに遠い近いはない

マリアの静かさ
四角い石を積み上げた小さな建物のアーチをくぐると
内部は少し暖かく
正面に小さな祭壇がある
ローソクを買って火を灯し
異教徒ながら瞑目すると
背後から優しい歌がきこえる
青灰色の僧服の尼僧が
ひとり微笑んでいる

最近この付近に山火事が起こり
いくえにも重なる山々が焼けた
マリアの家のすぐ下の林で
火は止まったのだそうだ

下山のバスの窓から
焼けた山肌に
キャンプの人びとがテントを張り
焼け残りの木々を伐り出して積み上げ
斜面をならして小さな松の苗を
一列に植えそろえているのが見える
否定されてはまたよみがえる
伝説のように

伝道者聖ヨハネ教会

「キリストの最愛の弟子で、磔刑のときただひとり傍に居合わせたヨハネは、キリストから母マリアの保護を託された。そして彼は後にキリスト教の普及に努め、ドミティアヌス帝の時代に、迫害によって弾圧された人びとを奮起させる目的で『黙示録《アポカリプセ》』を著した。この書は新約聖書の最終巻として編纂されている。」

ヨハネの書いた『黙示録』は幻視の書である
彼は流刑地パトモス島で
師イエス・キリストの姿を見た
キリストは燃えるような目をし
足は真鍮のように光り輝き
ローマから遠く海を隔てた
このアジアの荒野アナトリアに
信仰の使いを出すようにと愛弟子に命じた
キリストは予言する
「私はすぐに来る」と

「人びとはヨハネの死後、アヤスルクの丘の上に墓をたて、その上に大理石を使って教会を建てた。」

大理石はこの地では手近かな地産地消である
それほどぐるり三六〇度冷え冷えとした大理石のはげ山
　にかこまれている
初期キリスト教徒は着たきりの貧しい民ばかりである
人々は自力で冷たく固い石を切り出し
熱い信仰心を燃やすことに生甲斐を求めた

カッパドキア

「アナトリア高原の中心にあるギョレメの谷は、かつてこの地方にあった王国の名にちなんで「カッパドキア(白い馬)」と呼ばれ、四世紀ごろからキリスト教徒が住み始め、岩の中に数多くの洞窟教会を造って信仰を守り続けた。ゼルベには古くからキリスト教の修道士たちが住み、「ウズムレ・キルセ（ぶどうの教会）」など初期キリスト教時代の教会が見られる。カイマクルにはイスラム教徒の迫害から逃れるためキリスト教徒が住んだ地下八階の巨大な地下都市が、一九六四年に発見された。」

予言を信じる人々は

カッパドキアの荒野に散った
人住まぬ奇岩の地下にもぐり
隠れ住み
ひそかに信仰と命をつないだ
彼らの描いたフレスコ画は二千年を生きながらえ
ひたむきな信仰を触れてくる
東の果ての信仰のない大都市に住む
われわれの渇いたこころにも

イタリック体の文章は、REHBER版「エフェソス」および、阪急交通公社ガイドブックからの引用

左右の距離

一九二五年度ノーベル文学賞を受けたイギリスの劇作家バーナード・ショーは受賞作『聖女ジャンヌ・ダーク』中のト書で、ジャンヌの容姿を次のように描写している。

「十七、八歳の健康な田舎娘。上等の赤い服を著てゐる。非凡な顔。二つの眼はたいそう離れてゐて、想像力の強い人間によく見受けられるやうに突出してゐる。鼻筋の通つた形のよい鼻、大きな鼻孔、短い上唇、意志の強さうな、けれどもふつくらとした口許、やはり負けぬ気らしい、均斉のとれた顎。」

ショーはこの描写を、単に自分の想像のみで行ったのではなく、この戯曲の冒頭に付された序論のなかで、次のような資料を紹介している。

「当時オルレアンの彫刻家が、冑を被つた娘の彫像を作つてゐるが、明らかに想像による作品ではなく肖像であるといふ点で当時の美術として特異なものであり、しかもその顔たるや極めて非凡であつて、このやうな顔付の娘が嘗て二人以上存在したとは到底思へぬ程である。」

そしてショーは自分の意見を示す。

「無意識裡にジャンヌが彫刻家のモデルになつてゐた、さう推測してよいと思ふ。勿論、その証拠は無い。けれども、異様な程離れたその二つの眼は、強烈な説得力をもつて問ひかけて来るやうに思はれる、「これがジャンヌでないのなら、ジャンヌはどんな顔の娘だつたのか」と。」

小野小町も紫式部も清少納言も、さらに遡って光明皇后も額田王も、はては卑弥呼、さらに白拍子の静、常盤御前でさえ、どんな容貌の女性だったのかを知りたいと強く思ったことはない。

だがジャンヌ・ダルクについては、ショーの場合は自作の戯曲の主役として容姿の指定は避けて通れぬ条件であったわけである。

ジャンヌ・ダルクほどさまざまな彫像、絵画に表現された女性はいないかもしれない。はだしで糸巻きを抱いた少女であったり、吏員系といわれるような、ブルジョワ風のビロードの衣装の町娘だったり。

もしジャンヌの受けた異端裁判の記録が残されていなかったら、ジャンヌ・ダルクの実在さえ、疑問視されただろう。

異端とは突出すること。時代の秩序を超えて生きようとする。そしてショーの序論によれば「社會は不寛容、すなわち狭量を根底にして成り立つてゐる」

これまでに出会った彼女を素材にした文学作品のうちで、わたしはショーの戯曲『聖女ジャンヌ・ダーク』にいちばん魅力をおぼえる。

かっこ内の文章は新潮社から昭和三十八年出版の福田恆存・松原正訳『聖女ジャンヌ・ダーク』による

柿に赤い花咲く*

——二〇〇九年七月二十八日の夕べのための詩

柿の花は赤いのだろうか
夏が来ると子供の頃家の庭には
指貫のような形の乳いろの花が
たくさん散らばっていたが
赤い柿の花はどこに咲くのだろう
口に出すこともなく
長い間考えていた

鼻歌のようにそう口ずさんでいた兄は
どう思っていたのか
聞かないでしまった

その花はどんな赤の色だろうか
ピンクだろうか
オレンジ色だろうか
バラのような真紅だろうか

その花はどんな家の庭に咲くのだろうか

秋に実れば　血のような丸い
柿の実に熟すのだろうか

赤い花を咲かせる
柿の木はない
そうとわかる前に
別れたひとは多い

七月下旬　梅雨明けを待っている

近所の高い木の中に
小鳥がいる
バス通りの電話線と行きつ戻りつして
追いかけあっている番いを見上げて
バスを待っていた

もう昔のことだが
九州の伯父の家に疎開していた
六歳の夏
米軍のグラマン戦闘機の機銃掃射をあやうく遁れた経験
が
わが人生のとばくち
ひとりで真昼のカンカン照りの県道を歩いていた時のこ
と
からだに傷を負わなかったことが幸いといえるかどうか
運の強さの記憶なのか

たしかめることもなく
自分も別れていくだろうか

＊「垣に赤い花咲く…」という歌があった

傷つく街
――二〇〇九年十一月十六日の夕べのための四つの短い詩

臨界

臨海線で帰るといいよ
高いけどね新宿まで三十分
行きはシルバーパスで来たけど
帰りはりんかい線で帰ろう

プロフィールがむかしのハルミさんのようにすずしい
太宰のゆかりの土地を回って歩くと言っているよ
さっきそう噂されていた

ハルミさんの絵を見に
西のベッドタウン町田からはるばる新浦安にやって来た

さいごにカエルを入れないとおちつかないの！
百枚の衣装を着こなすといわれていた娘だった
十六回も挑戦したのよ

「ようこそ！　楽園へ」
新しい街を潤すゆるぎのない調和の世界があった
そこからまた戻って行く
生活はすでに臨界に達している
若いパン

学校の廊下に並べた机の上の
パン屋の木箱からたまらなくいい匂い
シュトルムの短篇集『みずうみ』は
中学のときはじめて買った岩波文庫
昼食のパン代をけずって買える
食欲旺盛な
しつこい空腹が満たされる三個目の調理パン

夕暮れ
見知らぬ湖を泳ぎだす

玄海つつじ

島の断崖に咲く
五月の初め
華やかに
薄紅色に
海の深さをなだめるごとく
潮の荒さをたしなめがちに

はるか西を望めば
かすかに異国の街影

裏の海が表の海だった時代があった
勢力が脅威ではなく
この国から攻めだす暴力もなく
尊重しあう親友だった
国境は敏感である

四ヵ月の女の子を抱いた若い母親が聞きに来る
鳥居の下で
烏賊になるわたしたちの声

海中の一の鳥居を見晴るかしながら
話し合っている
「まだ潮が引ききっていない」

累々と丸い緑の
小島の浮かぶ
国境の湾は古代の風景を彷彿とさせるが
島の北端には自衛隊の駐屯地があり
鉄道のない島に
機関車の鉄を踏む轟音が立つ

二〇〇九年六月二十三日　対馬和多都美神社にて

記憶の傷

かつて住んだことのある街々を訪れるのが怖い
二度と足を踏み入れたくない街は一カ所ではない
過去につながる
累々と積み重なる
じくじくとふさがらない傷をもつ
青春から老年まで橋かける肉体の老朽に入る

それらを迂回して
今ここの日常をしのいでいる

亡父母の衣服をたたむように
駅の構造、通りの風景
面変りしたかつての住居の付近
ひとすじひとすじの折り目に
ひそむ待ち伏せの視線

ともすれば滲み出す体液の臭み
阿修羅や千手菩薩の
昆虫じみた触手のような手で
逃げ回る背中を
後ろから摑み
引きずり
引き据えようとする

街はわたしによって傷ついているのか
街はわたしにリベンジしようとするのか

夢のなかで
足のうらが
ふわりと浮く

ピザンおば様！

クリスティーヌ・ド・ピザンおばさま！
昔の美しき方々！
あなたがたの真実を
どれほどに知っていようかおぼつかぬながら
わずかに伝え残されたことばに頼って
あとは
詩人の得意な想像力とやら
駆使して
おばさま！
あなたに語りかける
あの子は

いい子
民族のたから
この大地の
森や丘や川のような子
片隅の農地の力
純情素朴な本来の力
生きる目標を持ち周囲に支えられる幸せ
あの子は
素直な子
美しい子
誰でもが欲しがる
温かい優しい子
けっして粗略にしてはならなかった

（ピザンおばさま、助けてください！　このお坊さまがたはわたくしを焼き殺そうとしています。二月、石の床は硬いほど冷たく、わたくしのからだは冷え切っております。一月六日は十九の誕生日でしたが、この塔に繋がれてからのこの二ヵ月手足が温かったことはありません。

十九といえば血はさらさらとからだの隅々まで清く巡る年頃なのに、わたくしは体温を失調し、もう三度も熱を出しました。坊さまがたは慌てふためいて必死に治そうとしました。どうせ殺そうとしているものを、なぜこのように手厚く看護するのでしょうか。答えは明白、私が見せしめの大切ないけにえだからです。祭壇で羊を殺すときも、いちばん美しい一頭を選ぶといいます。高い金を出して買った羊なのですから、殺すまで美しく、健康で、元気に生きていなければならないのです。彼らにとって、もうわたくしは人間ではありません。いけにえの清い子羊、残酷な祝祭のための生きた捧げ物なのです。おばさま、どうぞ助けてください！　あらゆる僧院の院長がたに手紙を書いてください！　あなたがわたくしの成功に関する風聞によって、詩の心を揺さぶられたとおっしゃるのでしたら、どうぞわたくしを生きながらえさせてやってください。わたくしはこれから字を覚え本を読みます。生まれてきて、しなければならないことをまだ一つしか果たしておりません。あなたのように、夫をくださいさい。子を育てさせてください。世の中を見て、自分の考えを作り上げる楽しみを持たせてください。命を、それほど長くは望みませんが、せめていま少し、この世に置かせてください！）

クリスティーヌ・ド・ピザンとジャンヌ・ダルクは同じ時代を別々に生きた

ピザンの『ジャンヌ・ダルク頌歌』はジャンヌの成功の頂点において、つまりランスでの戴冠式の直後に、パリ郊外のポアシー修道院で書き終えられた。「時は一四二九年／太陽は再び輝き始めた／……」*
ピザンに少女を救うてだてはなかっただろうか。ピザンとジャンヌは同年に没したとされている。

*R・ペルヌー著、高山一彦訳『ジャンヌ・ダルクの実像』より

（『幻影の足』二〇一〇年思潮社刊）

詩集〈モーツァルトになっちゃった〉から

月と時間

白い花が咲いている
少し風がある
木の花
大木になるはずだった木
ほっそりと枝をひろげている

月ほど時間に身をよじるものはない
「白い月」というヴェルレーヌの詩は
「妙なる時刻」というフランス歌曲になり
若いカウンターテナーに歌われる

まじりけがなくやわらかく
奥深くかなしい
月がつくりだす景色に溺れながら
もうずいぶん長く影法師に逢わない

今とこれから
子守唄のようにもつれ
白い花のように
ゆれる

白炎

ある日　緑が金色に見える
大地から目ざめて
金鉱が
緑に染まる
海がさらに深まる
深海が緑に騒ぐ

（人形には　ごはんつぶが……）*

空に
潮がながれる
穏やかに

緑藻がゆれ
魚の群れがやってくる
鳥の群れが去る

夕方
空に
海の潮がゆっくり流れていく

＊佐藤秀樹「こども部屋の朝」より

サヴィニオ＊――まぼろしのオペラ

ぼくたちは父を欠いて
北西に復路を取る

文明の遠心力に乗り
ゴルフのドライバーショットのように
風に運ばれる若い種のように
バルバロスと呼べば呼び得る
しかし彼らからすればこちらがバルバロス
人ひとりの生涯ほどではまだ異物であるにちがいない

兄のタブローの背景では
豊かに白煙を噴く機関車が車列を牽いている

極小グループの帰還飛行隊は
イオニア海の白い小島で小休止する
《Sperai vicino il lido　Credei calmato il vento……》＊＊

（岸辺に近いと願って　風がおさまると信じて……）
まだ十代の半ばに
とてつもなく大きなかんかん帽と黒真珠のネックレース
　に見送られ
別れていく紺碧の海
ぼくたちはしんじつ
春に北へ帰る渡り鳥のように
よるべない旅のさいごに
果てなく広がる灰色の湖沼が待っているだろうと信じて

朝方の半醒の意識に
しきりに空ろな文字を書きつけていたせいで
年始休暇明けのごみ収集
トラックの時間さえやりすごし
年末からの生ごみを抱えこんでいる

アルベルト……
とらわれていた

例によって苦い自責のコーヒーを寝起きの喉に流し込む
何をやっても中途半端に
家庭にも季節にも
さらには人生にも顔を背けて
だから……
やがてひとりで死ぬことになる……

サヴィニオ……
しかしついさっきまで
久方ぶりに戻ってきた生の実感……
極端に集中していた

《Un vaste et tendre Apaisement Semble descendre Du firmament Que l'astre irise ……》（ゆったりと　やさしい和らぎが　月の渡りの　虹色の空から　降りてくるよう***……）

経験の浅い渡り鳥の一行は
アテネからヴェネチア、ミラノそしてミュンヘンへと移

ろい
やがてさらに西に流れてパリ市内のホテル住まいへ
くたびれた旅装に取巻かれ
つまり
渓谷に置き去りにした家具
将来を託す貯えをたずさえ
生活の土台を捨て
なぜまだ見ぬ土地へさまよい出たのか

アルベルト
母そして兄がいる
だが二十歳にも満たずすでに血と
思いの故郷である異郷をさまよい絶対の孤独を胚胎して
いた

人の間に置き去りにされ
素晴らしい世界で
成功を期待する才能を信じて
しかし煩わしがられ重荷にされ
ちちははのない唯一の世俗に属する兄を愛している
《Mon navire est un poison d'argent. Mère et toi mon frère et vous amis, adieu !》（ぼくの船は銀の毒薬
母　そしてきみぼくの兄　友人たちよ　さらば！）

だから
サヴィニオ
恋する女性を創造したい
旅の途上で遭遇した
まだ名前のない名前以前の
蒼空を背に手を振るしなやかなイマージュを

イタリアバロックオペラは隆盛と錯誤とによってモンス
タラスな発展を遂げ
南から北へ北から南へ
不吉な旅鳥のように渡りをくりかえしコンティネンタル
ランドを席捲した

コンセルバトワールの生徒だったときから
心に住み着いたオペラの幻影　生活の気晴らしであって
　信仰
反省であって熱狂　生活のすべて　人生の全体
遊興であって哲学　繁栄し凋落する文明の蜃気楼
王が企画し民衆に注ぐ統治のマナ

冬の木の花にぶらさがって枝をゆらすメジロよ
風のない漂鳥の昼下り

娯楽であって哲学　絶望であって希望
誤解であって究明　観衆であってオピニオンリーダー
破壊者であって前衛
そして　究極の気晴しが　それがたとえ騙しと裏切りの
月並な大団円に到る卑俗なストーリーであっても
登場人物や歌手たちの性の転倒が頻繁であっても
もつれた綾の折々に主人公の歌うアリアが時代の感情を
　深々と掘下げ
長い眠りののちふたたび目覚めるいのちを時空に埋込み

《Le vert colibri, le roi des collines》（緑色のはちすずめ
　よ、丘の王よ）

アンドレア
窓に日除けの降ろされた　ただ広いだけの部屋で供され
　た
一杯のタマリンドのジュース
みんな黙っていた
じっとガラスの中の金色の光をみつめていた

ぼくはぼくの孤独の悲鳴と引きかえに
ひとりの女性の像をかたちづくりたい
その微笑と別れの挨拶を

そのひとは写真に撮られることも画家に描かれることも
　生涯拒み続け
海原の青に記憶さえ溶け去ることをのぞんだ

＊Alberto Savinio（1891〜1952）音楽家、オペラ演出家、作家。画家ジョルジョ・デ・キリコの実弟。本名アンドレア・デ・キリコ

＊＊グルック「デモフォンテ」

＊＊＊ポール・ヴェルレーヌ「白い月」渋沢孝輔訳

＊＊＊＊アルベルト・サヴィニオ「アルバム1914」

＊＊＊＊＊ルコント・ド・リール「はちすずめ」

モーツァルトになっちゃった！

……《ぼくは若僧でも小僧でもありません》＊　〜　さあもう行くよ

「ミサ曲ハ短調k427　第三曲クレド第二部　聖霊によりてマリアより生れ」

ぼくのミサ曲はオペラだ

祈りの曲のはずだったが、これはぜったいオペラの主役のソプラノのためのアリアじゃないか！　ジャンヌ・ダルクに限らず膠着した状況を打開するきっかけは若い女性が与えてくれる。この真率なミサ曲をぼくに受胎《インカルナーレ》させたのはきみ、新妻のコンスタンツェだから

このアリアは初めての妊娠の喜びと不安を神の前に告白するためのもの。母となることの喜びと誓い。第三曲クレドの馬車のギャロップを思わせる特異な弦のリズムとそれに続く聖霊の抒情的なアリアとの対照を表現しているとき、まるで創造の神に乗り移られたような興奮がからだを突き抜けたよ

告知の小鳥は一羽じゃない

悪妻ともいわれたが、きみはぼくにとってそんな啓示的女性のひとりだった。聖霊のアリアの後半、小鳥との対話があるだろう。ダヴィンチでもボッチチェリでも人間より大きな告知天使がユリの花を一本担いで妊娠を知らせに来ているが、ぼくにはそうは見えない。知らせの天使はそんな大きくない、せいぜいウグイスかシジュウカラほどの歌のうまい小鳥たちなんだよ、マリアつまりきみの頭の周りを花輪のようにぐるぐる四、五羽で飛び回ってるんだ。その子たちと若いソプラノアリアが歌い交わしているんだよ。もうここまでできたらじゅうぶん、そのあとの感謝や誓いははぶいてしまおう。敬虔さより

浮き立つ心のほうがどうしても勝ってしまうのは、ぼくたち夫婦の未来は端っこのない真っ白な紙で、どんな希望も書き込むことができるからだよ。ぼくはオペラを書くよ。生活をかけた必死の闘争が待ち受けているとしても、教会を飛び越してしまったジャンヌ・ダルクの受難さえ思い出されるとしても。お父さんには仕事の合間にまた手紙を書くよ。姉さんにはリボンを送ってあげよう、首に巻いても、髪をくくってもまだ余るぐらい長いきれいな藤色のやつをね。二人の日日が穏やかでありますように。なんてったって、ウィーンは音楽にあふれた街だからね

びっくりするなあ、遥か二三一年後、二〇一四年四月二十日朝八時五分、こちらから見れば東の果ての日本のNHKラジオ番組「音楽の泉」でハ短調ミサ曲が放送される。信仰篤い家庭に育ったモーツァルトの傑作だと皆川達夫さんがくぐもった声で解説してくれる。そういえばぼくは《家にいるのが好きだ》とたびたびきみへの手紙にも書いている。両親のようにきちんとした家庭生活を築くつもりだった

池袋の通りを歩いていると

ヤマハ楽器の店があった。ふたり連れの女の子が入っていくのにつられて店内に入り、とりあえず二階に上がると楽譜の棚が目にはいった。ミサ曲ハ短調の総譜は幾種類かあるが、輸入物の分厚い総譜は五千円。第十曲目のソプラノアリアのところを開いてラテン語の歌詞がきちんと音符に配分されているのをたしかめた。総譜を棚に戻し、黄色い表紙の小判の一冊を買うことにする。曲はクラリネット五重奏曲で全音出版刊七〇〇円

YouTubeにアクセスして曲を聴きながら楽譜を追っかけてみた。これがすごく楽しい。自分自身でいま曲を書いている錯覚におち、もともと譜面も読めないのに、モーツァルトになっちゃった!

冬のぶり返しで冷え込む夜、本棚に死んだ猫の写真

モーツァルトを聴く人はみんなモーツァルトになって聴く

モーツァルトは聴く人をみんなモーツァルトにしてしま

う

銃弾の生臭く重い
けはい。狙われている恐怖。狐の子として夢の中の遭難
から救われ、いま生きている、目覚めたから

「クラリネット五重奏曲k581」

春の遠足の帰り。都心へむかう私鉄電車の貸切車両の座席で窓から射し込む春の午後の日差し。電車の揺れが心地よくいつの間にかこっくりこっくりと居眠りをする。電車が鉄橋を渡る。車輪の轟音がこもった音に変わる。川面がきらきら光って見える。遠い水面では光はプラチナ色の無数の魚になって跳ねている。子どもはこっくりこっくり、窓の風景が灰色の影になって柔らかに頬を横切っていく。さあ着いたよ、先生に揺り起こされる。寝ぼけ眼をこすり、それから小さなあくび

風呂場でゾウリムシの
ひと粒が
わたしを流さないで！　と叫ぶが
だれにも聞こえず　むなしく流されていく

バッハのフーガを
真剣に勉強した。ぼくが生まれたのはあなたが没して六年後。弱冠八歳のときロンドンに一年滞在して末の息子さんのヨハン＝クリスチャン・バッハにお会いしている。息子さんはオペラ好きでね、ちょうど上演中だったオペラを鑑賞して、言葉では言い尽くせないほどの教えをいただいた。ヨハン＝クリスチャンのイタリア仕込みのアリアはぼくのフレーズにそっくり。いや二十一歳も年上の兄貴分だからぼくのほうが似たわけか。お腹の空いた赤ん坊みたいに、あなたの音楽のおっぱいをありったけ吸い尽くさせてもらった。この栄養はぼくを生涯にわたって養ってくれた

神童と呼ばれた
子供時代から人懐っこく可愛らしく、晩年はやたらと借金をおねだりする甘ったれだったし、どの作品も純真な

愛らしさに満ちているが、ぼくはけして愛され上手ではなかった。自分の本質にかかわる愛され方しか望まなかったから

音階にアルページョを
つけただけじゃないかと、後世の譜読み自慢たちはしたり顔でけなすが、ぼくは自分に聞こえている音楽の実在証明のために譜面を用いているにすぎない。音符の軸がしなって、その根元に蟻んこがうじゃうじゃ集まっては散らばっていく。聞こえている音楽を伝える方法がこの早書き法しかないんだ。楽譜を読めない人に聞こえる、耳の悪い人に聞こえない

「四手のためのピアノソナタニ長調k38l　第三楽章アレグロモルト」

皇女たちやずいぶんたくさんの令嬢たちにクラヴィーア曲を作ってあげた。この曲はまだ十代の頃、姉さんと連弾するためにつくった。おどけたトリルがあるでしょう？　スタンザ（妻の愛称）、きみだって自分にフーガを作ってほしいとねだっていたね。むかしから注文する人に合わせて作曲することが多かった。はいお嬢さんあなたのために可愛いメヌエットを作りましたよ、ありがとう、でもむずかしすぎて弾けません、もっと易しいロンドを書いてくださいなだって。楽譜屋の友人からもこんな難しい曲じゃ楽譜が売れないと苦情を言われた。ピアノコンチェルトは指揮をしながら自分でピアノを弾いたからね

赤い楽長服を着て
定職に就きたかった
ウィーン宮廷付楽長の職もイタリア人音楽家サリエリに居座られていた。《楽長のサリエリは教会音楽を学んだことはないが、自分は幼時からそれに親しんできました》とウィーン宮廷へ嘆願書を書いたとき、どんなに追い詰められ、悔しかったことだろう
宮廷も大衆もぼくを消耗させた。肩書きや外見がものを言う世間の評価が及ばない成熟した精神を、始終じっとしていない子どもっぽい振舞いに包んでいたところにぼ

くの不幸があったんだろう。作品の完璧性とは対照的に実生活はほとんど破綻状態だった。濃密な愛情表現をてんこ盛りした矢継ぎ早な妻への手紙、度重なる痛々しい借金の哀願……いったい何が起っているのか。作品の輝きが実人生の安定を食い尽くすかのような凄まじさ

伴走

キツネに出会ったことがありますか
山岳写真家のあなたへ
十勝平野の牧場主のあなたへ
早朝四時から走り出す高地トレーニングランナーのあなたへ
かつて子狐だった私へ
キ-ツ-ネ!
成長したかれらは吊り上った眼で
何を視覚したのでしょうね
かれらのために祠を建て祀ったではないですか
前足で火の玉を押さえ凛然と人間たちを見下しているではないですか
かれらが去ってもあの鋭い視線は残るでしょう
永遠に——

「オペラ魔笛k620」

なぜあれほどオペラを創りたかったのだろう
ほんとうに望むオペラを作るために一〇〇冊以上の台本を読んだ。実現したオペラは荒唐無稽、自由闊達、人の世から飛立つ幻影の世界
夜の女王のきちがいじみたコロラチュラ、特別な天分を持つものがその真価を理解されない苛立ち
フリーメーソン合唱のふくよかな和声がぼくの渇いた心をいっとき潤してくれたこともあった。失意の淋しさに耐えかねてタミーナもパパゲーノも自ら命を絶とうとする。しかし、助けられて精一杯生き、自分の知らない未来の世紀によみがえる

緑装

肉食の蟻
草食の青年

メガロポリスの理化学研究所では
肉に代わる蛋白質製剤を開発中（畜産経営は脱却）

樹木の枝は差し交わし
分厚い緑塊がびっしり建築される

ひしめく緑球の深部に住んで
心も体も緑色
肉の匂いをすばやく嗅ぎつける

他人の肉　切実な誘惑

凶暴な緑
糸をほぐすようにいのちが生れてくる

美しくも醜くもない世界の片隅でまぼろしに見る世界

隠亡たちが担ぎ出す遺骸は

ランプの明り、暖炉の火を後にして街角をどこへとも知れず曲がって行った。棺、柩はない。担架に載った緑色の人型の袋のみ。緑色の袋が運び出される（エレベーターでは担架の両側の棒が壁に立てかけられる）。高層マンションの北側の部屋から南側の四車線舗装道路の混雑する車列の間の窓のない車に運び込まれて走り去る。私たちはここで別れる。ややほっとして。私たちは隔絶した島のような生の中に戻る。やがて私たちも緑色の袋に投げ込まれて運び出される。残すつもりのものも処分されて何の痕跡も残さず、人の記憶に残りたいという唯一の願いも断たれる。一顧だにされない。私など居なかったようにこの世の扉はぴしゃりと閉じる。私が居るという生は時限を切られた偶然にすぎなかった

「アヴェ・ヴェルム・コルプスk618」
たった四十六小節しかない楽譜の頭に
《小《ソット》声で《ヴォーチェ》》と書き込んだ
マリアの乳房をまさぐるイエスのように甘えて
からだを与えられて生き、そして滅びるぼくたちの

あなたはそのありようを示してくださいます
音楽の《まことのおからだ》に触れ、涙する

「ピアノコンチェルト第二十七番変ロ長調k595」

鳥のおとずれ、最後のウグイス
春の終り近い曇りの日の午後
窓際で今年はウグイスもツバメも来なかったと泣いてい
　ると
さしかかる梢の葉群がゆれて高い声がした
カーキ色の小さな鳥が足を力いっぱい踏んばってせわし
　なく左右を見回し枝から枝へ飛び移る
片時もじっとしていない。さえずり
紅梅は花盛りだが、もうここへは来ない。今日が最後
やがて緑は退く。泣いてももう遅いよ
もういっときは空を飛び、森をくぐり、川辺の草むらに
　眠ることができる。ぼくらはそうする
いっしょに来るかい？
待って、待って！
鳥について行くために自分の重いからだを支える羽根を
　探している間に
小さな誘い人は飛び去った
もう待ちきれなかったんだ
二十世紀半ば老年のバックハウスが粒立つタッチで演奏
　する
喜びとか哀しみとかの感情区分にはいらない
十全で夢幻な存在のエクスタシーを創り出し
またたく間に駆け抜ける――夕焼けが
愛らしいたくさんのパッセージで染めた千切れ雲の散ら
　ばる空を
何も思っていない
精一杯生きた

＊モーツァルトがザルツブルグ大司教からののしられたことを報告する父への手紙の中の言葉。岩波文庫『モーツァルトの手紙』より

白無地方向幕

1

ひとふしのメロディーが朝から頭を離れない
くちの中でくりかえし小さく歌い
どこかで聞いたと　記憶のもやの中を探し回る
たどり着けずに正午を過ぎて
ガラス戸ごしに曇りの空を眺めている

どこで聞いたのだろう　この微妙な節回し
子守唄のようでもあり　ラメントのようでもある

愛しあったり
愛されない苦しみにひそかに裏切りに走ったり
音もかたちもない
ふとした凪のような
自分であるのかほかの人であるのか
消え去りやすく　けれど不意に戻ってくる

生れて二ヶ月の赤ん坊が
朝の小鳥のコロラチュラにじっと耳をすましている
遠い眼をして

何度でもあきらめよう
そのたびに輝くものがある

迷子よ
迷子よ
後戻りはきかない

2

二十歳を越えようという老い猫が
前足をきちんとそろえて
腹を地面につけて座っている
真直ぐな長いしっぽ――猫スフィンクス

よく生きた
そして待つ

川端の深い葦草を分け
音なく　眼の前に
灰色の舟が横づけされる

いま舟の上
長いしっぽが半分水につかっている

明日の真昼間
駅前通りの踏切りで
通過電車を待っていると
ひと吹きの匂いがただよい過ぎるだろう
どこかで金木犀が咲いている

ヴェルサンジェトリックスの大楢の木
——八王子　村内美術館にて

夕方の海岸にはあるとき
波が荒いので
不意に
目の前に
行先がはるか沖の水平線に消えていく
田舎道が出没する
その入り口は
幹の周りがおとな十人が手をつないでやっと囲めそうな
楢の大木に覆われている
天を突くほどのその楢の巨木の枝は海鳴りのようにざわめき
海辺をひとり歩く人がその前まで来ると
葉はいっそう音高く揺れ
吸い込むようにその道に誘い込む
道は沖の海底に向かうようである

かつてこの海べりで栄え
多くの漁師たちが住み
手漕ぎの木造船が出入りする港のあった古い町へ
海の下で

紺色のとがった楢の葉がざわめき
高い声で鳴く細身の小鳥たちが
昼は巣をつくる水色の空があり
夜は
青い星がどきどきと動悸を打つ
住民は言葉を持たず
穏やかな顔つきをしているが
みな年寄りである
彼らの衣服はからだと一体になっている
迷い込んだ海辺の人に彼らはたずねる
楽器というものはどういうものか教えてほしいと

楽器にはじょうぶな糸が必要ですと訪問者が答えると
たずねた人々は顔を曇らせて
ここには糸というものがありませんと言う
それでは金属の筒はありますか
いいえ、金属とはどういうものでしょうか
誰も知っているものが居りません
葉ずれの音　小鳥のさえずり

楽器はそれらに似た音で鳴りますと言うと
ではわたしたちは楽器を持つことをあきらめましょう

そしてひとびとは
町の中央の楢の大木の下に訪問者をみちびき
息遣いで話した（言葉ではなく）

この木はヴェルサンジェトリックスの楢の木です
ご存知でしょうが
とても古い時代に
ローマに連れて行かれ
鋸でからだを挽かれた
わたしたちの族長です

あなたがそこを通って来られた
田舎道の入り口はアレジアの辻ですが
あの辻を覆っている大木はこの大楢の子孫なのです
われわれの祖先は
われらが族長ヴェルサンジェトリックスの犠牲を

けして記憶から失わないように
族長の死後
言葉で記憶をあがなったのです
友情と約束の頼りなさを忘れないために

いつも
つねに
ではありませんが
あるとき
ある機会に
族長を慕う記憶が
圧倒的な力でこの世によみがえるように

アレジアの辻の
楢の大木の
枝という枝が
高潮のように
呻き騒ぐとき
わたしたちの町は

この楢の木と共に
時空を超えてよみがえり
海の下に
永遠に死なない族長をお迎えするのです

今のように
荒々しく枝がなびいて

楢の木が
深海の色に染まり
果ての無い高さと深さに
荒れ揺らぐとき

訪問者はいつのまにか
もとの海岸の
波打ち際に立っていた

それからは
いかに波が荒かろうが

あの田舎道の入り口の楢の木に
出会うことはなく
去年の夏
パリに住みついている女友達を訪問するため
わたしは地下鉄四号線をアレジア駅で降りた

ふたり

ランボー　こんにちは、初対面ですが、あなたの生れたのは一七五六年、俺は一八五四年だからあなたは俺の九十八年前の人物ですね、ともに北ヨーロッパ生れの白人だという共通点があるし、面白いのは、軍隊、いや行進曲好きというのも似ている。あなたの曲にはミサ曲といえども、必ず行進曲風のパッセージがある。「僕はドイツの男です」とたびたび手紙にも書いていますね。あなたは兵隊だったことはないが、俺はありますよ、しかも脱走兵だ。

モーツァルト　きみも若いね。どうやらともに三十代半ばに人生を終えているから、僕は一七九一年、きみは一八九一年の死亡、ぴったり一〇〇年の開きというのも奇跡的だね。ニンゲン、まっしぐらに生きれば三十五年ぐらいが寿命だろう、僕の社会的人生は五歳からはじまったから、充分とはいえないが足りなくもないさ。行進曲好きというが、それ以上に極めてリリカルなフレーズもふんだんにあるよ。生きていれば、息をしていれば、自然に湧いてくるんだ、抒情性は僕の単身の生の証明、行進曲は社会存在の証明だよ。

ランボー　あなたは俺の祖父という位置ですね、隔世遺伝で、孫は祖父に似るというじゃないですか。あなたに似ていれば、精神としてですが、光栄です、老人にはなりえなかったどうしですからね。ところであなたはどうしてオペラにこだわったんですかね？　ミサ曲でも、交響曲でも大作の傑作はいくつもあるのに。まあ、オペラはほかの楽曲に比べれば何十倍ものボリュームですし、上演してアタれば何年分の生活費が稼げるというのもあるでしょうが、見ていると、金のことだけじゃなく、精神として、作曲家としての天職としてオペラを創りたがっているふしがある。自分に望めない人生のスケールをオペラに求めたということですか。俺も詩作の果てに行き着いたのは、イメージとしてのオペラであることは『イリュミナション』で明らかだが。

モーツァルト　オペラが好きだね、じっさい。よい台本があればもっと創ったろうね、歌いながら夢中になって譜面を書いたよ。楽しかったな。

（割って入った二十一世紀の声）　モーツァルトさん、あなたのオペラのいくつかをYouTubeの全曲ライブで聴いていると、全く文学的でないなという思いが沸いてきます。充分美しい、充分深い、充分充実しているにもかかわらず、何か落ち着きがない、そわそわしている。指揮者のジェレミー・ローレルはインタビューで、カオス的な混乱と説明していますが。演出も指揮も草臥れただろうなと同情します。主人公たちは子供っぽく、悪く言えばちゃらちゃらしている。何がしたいのかはっきりしないままそわそわしている。落ち着いた人格にはまず出会わない。公爵夫人も、村娘も、厳格な父親も、なんかばかばかしく、それだのに憎めない。ああ、人間って本来はこうだよな、という思いがする。しかしそれは人間存在の魂にかかわる共感では全くないです。なんだろうこの違和感は？　登場人物たちが無重力の中をふわふわ浮いているように見えます。ランボーさん、あなたの詩もそうですが、感情が後退している。無いのではないが、感情より他のものが先行している。それは、冷たさ、透明感、無価値感と呼べばいいのか、人間が世間的な欲望の器であることをやめてしまったらこうなるのではないかと思わせる、落ち着きの無さ。つまり人間から様々な局面での欲望を削り落とすと、こんな人格が現われるのではないか、と想像させられるのです。ひどく明るい、影の無い、そわそわした、うわっついた、子供のような。おふたりの感情には感傷がない。それは成熟した大人の証拠かもしれません。ランボーさんはJE est un autre. と言ってそのとばロにいますが、近代の自我、現代の自意識に感傷が混じらないのは、すこやかな感情の持ち主が真面目に生きていこうとすれば、こんな子供っぽい、濁りが無くて、でもちょっと操り人形のような人格でなければ勤まらないのかもしれません。いや、モーツァルトさん、あなたの「後宮からの逃走」だってふざけた話ですが、三時間何分という延々とした長さで、人生は気晴らしだ！と言ったパスカル風の気分がありますね。あとは現地に行って（ウィーンかパリか）実際の上演をぜひ拝見したいです。もっとも現在では原作者もびっくりの新演出でしょうが。

ランボー　過去ばかり気にするな、俺たちがヨーロッパを飛び超えたように、自分たちの時代に合ったオペラを新しく創ればいいじゃないか。他人をヨイショばかりすることはない、自分でやれ、自分でやれ！

撚火《ねんか》

金木犀の匂いが焼けている
金属的な夏が絶頂にさしかかる
（それからその先へ）*

ゆっくりと許容限界に近づいていく
ピンク色の痕跡を
探し求める血眼の視線

判別不能レベルまでかすれた
夏を踏み越えようとする

シカト**の花籠から時いろの花と葉が振り撒かれ
レースのリボンがからみつく

ごろごろ喉を鳴らす
ゴージャスな幼児たち
けものの背中にかざした
手のひらから発火する

*尾形亀之助
**相手を無視すること（広辞苑）

（『モーツァルトになっちゃった』二〇一四年思潮社刊）

詩集〈露草ハウス〉から

日の出月の出

わたしがまだ空を飛んでいたころ
けっこうあなたのほうが常識的で
曙の光をうけて
ドアの取っ手が水色に輝くのを
今日いちにちの祝福だと喜んで
狐のように切れ長の
華やかなまぶたの奥の視線を
じっと輝くものの上に注いでいるのを
いいえあれは真鍮の金具に生えた黴よ
こともなげに言うわたしの声が耳に入らないのか
わたしといえばたいてい寝覚めのときの頭脳に浮かぶ想
　念を
しばらくねばつく口の中で転がし
おっくうがりながらまるめて声に出すのに

あなたはいつも世の中が自分をどう扱うかばかり
痛々しくも気に病んで
だからあなたの首すじの
いまにも折れそうに細いこと
意外に野太い声の持ち主
しかも野生のものには
溶けてしまいそうに優しい声と労りをかける
まるであなたは立ち上がるなりよろけ倒れる
臨終の老人のように
神々しく
そして急がすひとなのだ
わたしは大雪の翌朝
からだに積もった重たい雪を一気に振り落して
しだいに度を増す
晴天の陽射しに
金色に輝く風景を
眉をしかめて眺めつつ

養鶏場

養鶏場の隣りのアパートに連れて行った

ひとはまいにち前日をやりなおす
雑草の名前をつけてくれたひと
こッこッこッ
騒がしく
金網に閉じ込められたニワトリたちが

わたしはスーツにハイヒールを履いていた

生きることはすこしもいやではなかった
ただどうしてもうまくいかなかった

愛情をもって接してくれていると
わかっているだけになおさら

〈わらっちゃう〉ようなどす赤い感情を
からだのなかに押しつぶして

あれは何だったのだろう

言葉ではとどかない
川へ食用のニワトリたちが
こっつこっつなきながら一羽ずつ

溺れていく

十二の小さなプレリュード＊

1

レストランの旗が千切れて風に煽られている
それを眺めながらもう二十五分もバスを待っている
荷物をどけろと初老の女がせまってくる
後ろに回って通ればいいでしょうとわたしは言い返す
すると私のバッグを足でけとばして

女は行き先違いのバスに乗り込む
意味のわからない捨て台詞を投げつけて
バスがなかなか発車しないので
ふたたび顔が合うかと顔がひきつる

2

マラルメによれば
〈言葉のある種の組合せは
意味以上の力を担うことができ
事物の精霊を呼び覚ます呪文《シャルム》となり得る〉
〈一輪の花　とわたしが言うと
実際の花とはちがう
不在の花が音楽としてあらわれる〉

3

夏が傾き
あえいでいた雑草たちがようやく生気をとりもどす
はびこった草の軸に蕾がつき
ひときわ冷え込んだ夜明け
石のように光る青い花が
道端に散らばっている
爽気が
吹きすぎる
露草

4

出発したら
引き返すことも立ち止まることもない
歩くために重すぎるものは捨てる

5

駅前の〈すき家〉で食べ終えた
少年　うちに帰ったらぐだるな
少年　そう五時までぐだる

6

クライオニクス
ロシア　モスクワ　ほかの都市でも

死の夢
わたしは言語労働者だけれど
くたびれた脳を外して
ちょっと冷凍保存されたい

7
ひばりは草地を飛び立って百メートル
一秒間に五回羽を動かしてホバリングしながら
囀るのをやめない
抜群の視力で地上の出来事をくまなく観察する
冠羽をアンテナのように逆立てて
勇ましく嘴をとんがらせて
春の浮雲はひばりがすきだ
短い草たちも
ひばりを心から愛している

8
ひとりの若い女性がある日
何気ない様子で当然のように
目の前に現れる
まるでもう以前から決っていたかのように
家族ではあまり話さないと告げ
きゃしゃでシンプルなワンピースで
お荷物が多いですねとわたしに言う
絵空事で描いた頭の中の
少女とだんだん重なっていく
詩人の見たApparition
はこれ？

9
折ること貼ること
郵便で届いた茶封筒のはしを鋏で切ると
やや黄ばんだA４のコピー用紙を二つ折りにしたあいだ
　に挟まれて
薄い詩集が出てきた
関西地方の都市の名前が書いてあって
折ればじゅうぶん

幸せな気分

10

大きな樫の執務デスクの
モンテヴィデオ銀行の頭取シュペルヴィエルには
聞こえる
太陽が雪にささやく声が
雲のように苦しまずに死ねるよと
厚い窓ガラスの向こうでは
雪の朝の強い陽射しが
街路樹の木々を照らしている
ハ短調の曲がすき

11

もんしろちょうが飛び立つ
白い閃光
駅のフェンスの脇の
草むら
荒地野菊の

花冠から

葉

晴れやかに
くるくると揺れる
銀の
裏とおもてに
ひるがえる

12

地球はアダム
月はイヴ
照らされて
アダムの影が
歩く

水と大気を
着る

＊ D'après "Tatiana Nikolayeva plays Bach Twelve Littre Preludes" YouTube 16 : 28

滅亡

透明なベッドの上で
蝶は交尾する
厳粛な
滅亡にむかうために

庭先であじさいが
真っ赤に燃え上がり
なでしこ娘が無垢な笑顔をほころばせるとき
小さな黒いふたつの蝶は
ふたつの喪章のように番う
垂直の硬いベッドの上で
どの植木鉢をずらしてみても
団子虫さえ這わない
静まりかえった真昼間
無音の川を流れていく
四つ葉のクローバーの対角線の記憶

繊い翅を
たたまずにそのまま
青く晴れた翌朝
窓ガラスは空白だった
ひとり
草藪に緑の火葬窯を
探して　ひとり

露草ハウス

赤まんま（「麗子五歳之像」の指先に）
水引、どくだみ、いわし雲
酷暑の名残り

菫、露草、山ごぼう
敗戦の翌春　肺炎を起こして
日系二世K氏の舟形軍帽
浅黒の細おもての真白な歯並び
パジャマのまま玄関に出て

ふたたび菫、露草、山ごぼう
〈月は窓から銀のひかりを〉ソットヴォーチェで
母の死の日　東の空に虹がかかった
不意に枯れた楓の若木

あかざ、ひるがお、かきどおし、かたばみ、おおばこ
藜、　旋花、　垣通し、　酢漿、　車前草

記憶はやがて物語に変る
囀りながら天頂へかけのぼる
ウォルフガングス　走る狼

疲れた足でたどりつく
穏やかな休息への軽い杖が欲しくて

月草　蛍草

夕闇のドアを押す
露草ハウス

赤まんま　水引　蚊帳吊り草　猫じゃらし
灰色の小さな蝶が乱れ舞う露草の藪

黄緑に光る——多田道太郎先生に

丘の尾根に電柱が一本
昼間は幾すじか電線がぼんやり揺れています

夜

黒い影になった電柱の中ほどに
黄緑色に一個電灯が点りました

お心にようやく
近づいてまいります

もう昔の話ですが受験生の弟が
大学紛争の翌年二月半ばに死んで
〈そうだな　朝起きれたら行こう〉

あかつきやみに
不意に話しかけさせていただいて

大熊町の梨の木　すべて切られて

ようやくわたしといえば
黄緑に光るまんまるな梨の実を
わが人生から
捥ぎり取ります

（『露草ハウス』二〇二〇年思潮社刊）

未刊詩篇

マ・ポエジイ

——アンドレ・ブルトン「自由な結合」に倣って

わたしの詩は　冬の夜空、オリオンの三ッ星の左に幽か
　に光る小さな星たち
わたしの詩は　風の強い真昼の青空、ちぎれ吹き飛ぶわ
　た雲
わたしの詩は　西の空から東の空へ、空を断ち割る米軍
　機の爆音
わたしの詩は　置き去りにされた猫、引越し先がペット
　禁止なので
わたしの詩は　駅前のバス停で三十分の待ち時間、目の
　前を通過する高級車
わたしの詩は　五百円銀貨、缶の中にやけに貯まったり
　空っぽになったり
わたしの詩は　伏流水のさざめき
わたしの詩は　帰る鳥が空の奥に描く矢羽根図形、なぜ
　哀しいのか
わたしの詩は　霜の降りた朝の玄関先でひと叢の日本水
　仙
わたしの詩は　夭折のひとたちの記憶
わたしの詩は　モンゴル系の切れ長の眼の青年
わたしの詩は　老人のふてた頬杖
わたしの詩は　六畳間の天井板のしみ
わたしの詩は　知らぬまに生えた小庭の柊《ひいらぎ》、近寄るとひ
　どく刺す
わたしの詩は　粟津夫人杜子さんとの奇妙な交渉
わたしの詩は　塗装のはがれたフェンス、家全体をみす
　ぼらしくする
わたしの詩は　グレン・グールド弾くモーツァルトのピ
　アノソナタK３３３
わたしの詩は　鎌形の月、その鎌の抱きこむ闇
わたしの詩は　舗装とU字溝との継ぎ目に咲くきつねの
　えんどう
わたしの詩は　沈黙、まなざし、くちびるのはし

わたしの詩は　竹製の物差し、十センチ刻みに赤丸が彫ってある
わたしの詩は　父と兄が「羽衣」を稽古する夕方、うわずってくる父の声
わたしの詩は　もう完全に失われ、記憶の片隅にかろうじて住みついているあれらの過去、いずれわたしが運び去る穏やかな事実の数々
わたしの詩はYUMI KATURAの二〇一七年春の孔雀のウエディングドレス、長い裳すそに無数の目玉模様が産卵する
わたしの詩は　二通の「見者の手紙」、十六歳のランボーが高等中学の先生イザンバールとその友人ポール・ドゥムニーとに宛てて書いた。学校は普仏戦争のため休校中
わたしの詩は　相模湾海底のチューブワーム、別名サツマハオリムシ、地球内部のエネルギーで生きる
ガリレオから四百年、彼の発見した木星の四つの大きい衛星には火山が噴火しているものもあるという
わたしの詩は　帚木《ははきぎ》、遠くから見えるが近づくと見えない
わたしの詩は　なにもうまく行かない　あとで塵屑を拾って歩く

（「ル・ピュール」24号、二〇一七年四月）

ヨメナの波しぶき——逗子海岸にて

十月も末　つぼみが開く頃となると
若い山姥がさらさらと銀髪をほどき
油気の抜けた影になってさまよう
同級生から借りた学ランの左右のポケットに
真夜中の浜辺の石をぎゅうぎゅうに詰め
前ボタンをしっかり掛け
なにかスポーツをしていますか
はい、これから海に入ります
夜が明ける前に

柩　遺体が入っているもの
棺　遺体を入れるための箱

与えられた死を
求めてやまない死にすり替えさせてしまうのは
追い詰められた羆《ひぐま》のように

浜辺を
無言の波しぶきが
無限に打ち続け

青空
いわし雲が流れて行く
地球も雲を追いかけて
こんなに速く廻っている

嫁菜の花は
小さい湾の沖で開き初め
銀色の海のおもてに
三角の帆が三つ四つ浮かんでいる

今日は
逝きつめた海が

秋の草叢に
からみあい混じりあう
金色の昼の太陽の下

（「妃」22号、二〇二〇年九月）

四枚の水彩画
――トール・アウリン「バイオリンとピアノのための四枚の水彩画」に倣って

一枚目　イディル

ツクツクボウシが不意に鳴きはじめた

こんもりと枝を広げた
ワビスケの葉群れの中で
四〇℃に迫る暑熱が続く
夏の朝
ツクツクボウシが精一杯鳴き続ける
鳴奏の末尾にじーじーじーと低いコーダが付くのが
可笑しい
ひとしきり鳴き明かして
満腹したか
やがて静まった

二枚目　ユーモレスク

大きな流れ星が
輝きながら夜空を走った
翌朝民家のベランダに黒い隕石の破片が落ちていた
そうでなくとも地上には
宇宙塵が日常的に降り注ぐ
夕立よりも静かに
雨粒よりもひそかに

三枚目　ベルスーズ

雪の夜
雪の膜をめくると
奥のほうへ
もう一つの世界が開けて行く
愛さない
日
健やかな消滅
プラスティック製ガウンをまとい私たちは
もう一つの世界の前の世界を懸命に生きる
子どもたちは家族の中で
年寄りからの微かな伝言に
耳を澄ます

四枚目　ポルスカ

通りの側溝の隙間に
青い花が光っていた
折って持ち帰ってコップに挿した
翌日花は閉じたが
数日して茎の節目からしなやかに白い根が伸びはじめた

（僕は）ほとんど歌になりそうで*

七月二七日
今年初めて蟬の声を聞いた
まだ梅雨明けの宣言は出ていない長雨の
仏像の微笑のような晴れ間に
一条の光として
響いた

やがて地球は言うだろう
わたしが一番きれいだったとき**　と

引用
*岡田幸文詩集『そして君と歩いていく』より
**茨木のり子詩集『見えない配達夫』より

（「現代詩手帖」二〇二〇年十月号）

散文

吉行理恵という詩人

1　La fille sauvage としての吉行理恵

はにかみ屋の、人見知りする、非社交的な、という意味を持つ sauvage というフランス語を辞典で引くと、最初の意味が「野生の」で、次が「未開の」、三番めの意味が「人見知りする」「非社交的な」、四番めが「粗野な」「残酷な」、そして五番めに「正規外の」「自然発生の」とひろがっていく。吉行理恵の詩は、分かり難いとよく人が言う。そういう意味で「人見知りの」激しい詩かもしれない、吉行理恵本人のように。今回改めて四つの詩集を読み返してみて、sauvage というフランス語のさらに奥まった意味に進むほうがこれらの詩の本質に迫り得るだろうという強い感触を得た。「野生の」や「残酷な」、「獣のような」、つまり domestique や cultivé と対立する意味合いでである。愛想のいい社交人、礼儀の正しい教養人、上層階級のエリート、国際感覚の優れた秀才、などとは正反対の意味に於いてである。

sauvage である吉行理恵は独り遊びの天才である。彼女の詩世界は彼女自身が独力で生み出すイマージュで完璧に構成されていて、極端に単純だが、緊迫して密であり、けっして他人が口を差し挟む余地を残していない。さらに彼女の詩が彼女の環境、彼女の実際の生活、彼女を取り巻く周囲にきつく密接していることにも驚かされる。夢と言い、幻影と言って、彼女の詩は彼女の存在のレアルな現象からかけ離れているかのように一見見えるが、じつはまったく逆で、むしろ極めてレアルであり、野良猫のように現実にさらされた中から言葉が発せられていることに気づかされる。以前、彼女の小説を読んだときに驚かされたのだが、芥川賞を受賞した後に彼女の日常を襲った世間の言いようのない攻撃にさらされるありさまが実に冷静にありのままに描写されつくし、それが小説の全体を占めていることに意外な感じを受けたことがあった。名誉とか賞賛とかの余裕綽々の態度は毛ほども見当らなく、暴露的というか、世間はこんなにやっかみ深いのですよ、と訴えるのでもなく、ただ淡々とそのありさまが写されているそっけなさに、失望というより、強く驚かされたというほうがあたっているだろう。しかしいま、時間が経ってもう一度吉行理恵の詩に立ち戻ってみると、吉行理恵という詩人の詩学の秘密がありありと浮かび上がって来る。「人に悪意を持つ私にはディキンスンのような詩は書けないと思う。」（エッセイ「灰色の鳥」、「現代詩ラ・メール」一九八四年夏号）と書いたとき、彼女の詩の根幹の部分はすでに書き上げられていた。

2　幻想を削る刃

詩人は時代の申し子である。吉行理恵は一九三九年七月東京市ヶ谷に生れ、二〇〇六年五月甲状腺癌のため没している。満六十六歳、夭折ではないが、老年には到らずに逝った。この生年は東京向島生れの詩人辻征夫と同年で、辻は二〇〇〇年一月、六十歳で没した。ちなみに私も同年三月東京杉並生れ、学年で言えば一年上で、当時国民学校と呼ばれた小学一年の夏、九州の疎開先でグラマン機の機銃掃射に遭い、直後に終戦になった。吉行と辻は学齢の前年が敗戦である。私たちは戦火を避けて疎開し、さらに敗戦後の壊滅的な破壊の下で環境の激変にさらされた。辻の作品に次のような描写がある。「焼跡の防空壕の奥には、いまだ死体が打捨てられてあった。そして、にもかかわらず、幼年の故にこの時期が筆者には人生の黄金期に思えるのだが、われわれの父の世代、身をもって敗戦を体験した世代はどうしていたのか。…」（詩集『天使・蝶・白い雲などいくつかの瞑想』（一九八七年刊）中の「梅はやきかな」より）。そのとき痛まない傷はかえって生涯におよび痛み続けるだろう。心を開くべき社会が不在であるうえに、親も家庭もよりどころではあり得ず、幼い自分の内面のつぶやきと、ばらばらに蹴散らされた破片のような周囲しかなかった。戦争は幼い肉体に野生化した精神をひそかに育んだかもしれない。吉行理恵の第一詩集は彼女が二十四歳の昭和三十八年、一九六〇年代経済成長のとばくちであるが、作品のテーマは幼少時代の経験と意識である。

《わたしは青い部屋の中です》と冒頭の詩「青い部屋」は始まる。これが詩集のタイトルである。部屋の外で気の狂った老婆が〈むすこをかえせ　むすこをかえせ〉と雨戸を叩く。わたしはひとりしかはいれない青い部屋にとじこもっていたが、むすこをかくしたのはわたしではないのでほんのすこし雨戸をあけた。老婆の耐え難い喪失感を癒してやれないわたし。苦しいのはわたしも同じなのに、老婆は非難の眼でじっとわたしをみつめる。

戦争の影が強く射していることは確実である。次の詩では十七歳の弟と死にかたを話しあう。次から三篇では赤ん坊が泣き続ける。現実へのいたたまれなさ、いらだち、どうしようもなさ。そこからの唯一の逃亡手段が夢想である。だが、彼女の詩的世界はレアル五十五、ヴィジョン四十五の、たとえば新古今和歌集にも歌われた、残暑の頃の夏と秋の混じりあった微妙な行合いの空なのである。幻想の詩人といえば、私たちは早世の詩人左川ちかを敬愛しているが、彼女の幻想的肉体をさらに削るための刃を吉行は実人生を凝視する視線から研ぎ出す。詩的世界が、厳格なレアルと切迫した精神のヴィジョンとの押しつ押されつのせめぎあいの狭間に成立している。

第一詩集の二年後、一九六五年に二番めの詩集『幻影』が出版される。テーマには共通性があり、第一詩集で書き足りなかったことを書き進めたという感じで、『青い部屋』は十七篇、『幻影』は二十篇が集められている。さらに二年後の『夢のなかで』二十七篇、この三冊の詩集の六十四篇が吉行理恵の詩の核心をなす作品群だと言えよう。『青い部屋』の発表された年は兄の小説家吉行淳之介の『砂の上の植物群』、『幻影』と同じ年には井伏鱒二の『黒い雨』、『夢のなかで』が発表された一九六七年は大江健三郎『万延元年のフットボール』発表の年である。三冊目の詩集『夢のなかで』は翌年一九六八年の田村俊子賞を受賞している。

私は大学でフランス文学を専攻したが、創作の才能は見られなかったし、作家研究をするにはすでに長兄が同じ大学でアンドレ・ジッドの研究をしていた。まずは社会人になって親に口過ぎの負担をかけないことが唯一の役割のように思えた。だが、子供のときから、なんとなくああいつかこんなことを書くようになるだろう、と周囲の大人を観察する癖のようなものはうっすらと自覚していた。
吉行理恵の詩をはじめて読んだとき私はすでに二人の子持ちだった。にもかかわらず『幻影』の末尾の作品「足の裏が冷たかったから」は衝撃だった。そこにあるのは、生ものの詩。縁側でまりつきをしている「私」は叱られて庭にとび下りる。転がり出たまりといっしょに。気がつかなかったが、庭には雪が積もっていたので、足の裏が冷たくてとびあがってしまった。まりと私はいっしょに跳びはね、弾んでいる。居場所がなくて……。この詩のエキスに触れて、私はドライアイスをつかんだような火傷を負った。

足の裏が冷たかったから

縁側で
まりをついていたのでした

縁側から
私は
庭にとび下りました

そこに
雪が積もっていたから
私はとびあがってしまいました

縁側で
まりをついていたのでした
庭にとび下りました
叱られてしまって

私は
庭にとび下りました

野生の動物に人間の言葉を持たせたら、このように書くかもしれない。単純さと切迫感、孤絶感、とどまらない運動感覚、絶えず動き回っているものの意識がつぶやかせる言葉だろう。「庭にとび下りました」という動作に、どこから、なぜ、どうやって、そしてどうなったのか、という状況が加わる。縁側から、まりをついていて、叱られたので、（まりのころがるのといっしょに）、庭に雪が積もっていたので（足の裏が冷たかったから）、とび上がった（まりといっしょに）、（まりを抱いて）。まりの動きと自分のからだの動きと、精神の動きが一体化している状態をたんたんと、何の感情も加えずに表現している。読み手に伝わってくるのは言葉ではなくて、まりと一体化して運動している「私」、まりのようにぽんぽんと弾んでいる、だが楽しく余裕綽々笑いながらではなく、必死に、慄いてなのだ。宮澤賢治の童話「セロ弾きのゴーシュ」の、夜中の練習に訪れる三毛猫や野鼠たち、あるいは野口雨情の童謡「証城寺の狸囃子」の、月夜に木魚をたたく和尚に負けるなと腹鼓を打つ狸たち、そして咲きこぼれる萩の花も加わる渾然一体の世界にも通底する詩的共感の世界なのだ。ここで人は自我を抜け出し宇宙に溶け入る。

さきほど、吉行理恵の小説を拾い読みしていて、こんなフレーズにぶつかって、驚いた。「癌で無くなった作家が著した手相の本を見たら、私は後二、三年の寿命、しかも癌である。」（「灰色のワルツ」短編集『黄色い猫』一九八九年より）。

3　文学的血統証明付き純血種としての吉行理恵

「そういう強い感受性は子どものころからあったのでしょう。やはり、それはエイスケさんの血でしょうか。」（吉行あぐり『梅桃《ゆすらうめ》が実るとき』（一九八五年刊）より）。小学生の頃はガキ大将で、こぶんたちにおやつ代わりに家に蓄えられてあった大瓶のビオフェルミンを分けてやった、というのが吉行家の語り草である。性格がすっかり変わったのは高校生の頃だという。母のあぐりさんは感受性の強さと姉との容貌の比較が原因ではないかとしておられるが、過酷な戦争にまつわる時代の空気への鋭敏な反応が大きいことは間違いない。前の章で述べたように、彼女の意識から「死」の観念が遠ざかることは一度もなく、家族の近くで暮らすという形はあるにしても、ひとりの人間として孤独な職業人に徹し、普通の社会人として幸福な人生のシナリオに加わることはない。生活の中に死が遍在しており、死の瞳の元で小さなともし火としての生を燃やしている。ともし火は部屋で飼う愛猫であり、母に差し出す手料理であり、好きなルドンの絵であり、テレビで見る映画である。こう並べると、いかにも神経の細い、絶え入りそうな令嬢の姿を思い浮かべるが、由緒正しくはあっても、ひ弱な女性ではない。「人に悪意を持つ」と自己分析する作家としての覚悟のほどが詩作品のはしばしににじみ出ている。父や兄の血に従うというより、吉行理恵自身が血に導かれて作家魂の極点に向って登って行ったのではないか。吉行理恵の独自のポエジイを大作家たちの脇に添えられる可憐な花にとどまらせない努力を、彼女に近い読み手としてのわたしたちが積まなければならないのではないだろうか。

とはいえ、今回の読書のなかで興味深い文章に出会った。一九九七年七月、文園社刊『吉行エイスケ作品集』の後ろに付された「父エイスケについて（I）」という吉行淳之介の文章である。

「亡父の性格は、その子供の私としては迷惑なものだったが、いま考えれば好もしい。女性的要素は全く無く、猛烈・驀進・台風的であった。一面、意外にやさしいところもあった。ただし、そのやさしさが私に向けられたことはないが。」

吉行理恵の詩に見られる無感情さと果敢さの感触は、理恵が生れて翌年、三十四歳で文学的爆死を遂げた父譲りの性向からきているのかもしれない。

第一詩集『青い部屋』中の「この害虫《むし》だけは……」

こんな日暮れてしまっても
青い羽をふるわせる……
この害虫だけは殺せない
この害虫だけは殺せない

「害虫」に「むし」とルビが振られている。他の一切を譲るとしても、この害虫《むし》だけはわたしのもの、わたしがまもるべきもの、現実の断念の後になお灰色として残存し、自己の存在をそこにかけるべきもの、決して手放しはしないものとしての「詩」の獲得宣言である。詩人としての出発点において、吉行理恵はすでに自己のポエジイを高く掲げて、背水の陣を敷いているのである。

「先生が質問します。「上品な色とは　どんな色ですか」「灰色です」私は答えます。「へえ　灰色が上品な色ですかね　鼠のからだの色ですよ」と先生は巾の広い肩をすぼめます。すると教室が笑いの箱に変わってしまいます。——ここから逃げだしてしまいたい、とおもいながら、私は唇を噛んで、俯いています。」(「記憶のなかに」「群像」一九七〇年七月号)

4　真正な意識の詩化

吉行理恵が小説に足を踏み入れずに、一九七〇年三十一歳で晶文社から刊行された『吉行理恵詩集』二十四篇までの八十八篇をもって、終っておけばよかったのではないかという気持の誘惑に正直言ってかられることもあるのだが、彼女の散文が、とかく分かりにくいと言われがちな詩作品の鑑賞にどれほど役立っているかを実際に経験してみれば、彼女の散文への移行は必然の結果だったと言えるだろう。詩だけでは作家の内面から湧出してくる想像力を昇華し切れなかったはずだから。このことは辻征夫の場合にも言えるかもしれない。イマージュとレアル、この創造の二つの力が二つの形式を求めた。小説はなまじの男性作家も及ばぬ厳しいレアルの把握力を具現化して見せている。私は男性詩人、女性詩人という区分けには反対なのだが。詩は文学の形式としては小さいが、本質は最も純度の高い結晶体なのだから。

満六十六歳という早すぎる死の後、何かの誌面で彼女がまた詩を書き始めていたと読んだとき、実に惜しいことをしたと感じたものである。後半の人生を生きて、その真正な生の意識からさらにどんな色合いの結晶体を創り上げただろうか、彼女のあの果敢な詩がどのように深まっただろうか、そんな永遠の宝石をぜひとも手にしてみたかった。

吉行理恵の詩の出発点であり、代表作でもある「青い部屋」については第一章で引用した。くり返すが、この幻想的な詩が、はっきりした現実の情景に基づいていることにはっとさせられる。彼女の作品はたんなる夢想から創出されていると思いきや、ぜんぜんそうではなく、ほとんどのテーマが実際の経験から材料を採取していることが、彼女の散文や小説から判明し、ドキッとすることがたびたびであった。例えば雑誌「新潮」一九九五年一月号に掲載された「靖国通り」を読んでいて、この作品のばあさんのモデルが実際に存在していたことを知って驚愕した。「昔はピアニストだったが、息子に戦死され精神に異常を来たしたと言われていた。……家の中にも入ってきた。……雨戸を叩かれて、男の人を隠していないかと訊かれた。……素材にして詩を書いた。」そして、この現実の結末もクールに述べられている。

昨今は戦国武将ブームだが、武士たちの壮絶な生きざまに目標の見えない現代の人々の心が反応するのだろう。唐突のようだが、吉行理恵にもこの壮絶という言葉が似合うように思う。幼い頃桃太郎さながら子分を引き連れて街中をのして歩いた親分肌の雄々しい乙女。彼女は戦国武将にもまして精神に一本すじの通った人生を生き切った。没後刊行された『吉行理恵レクイエム「青い部屋」』の最後に四つ上の姉、吉行和子が「妹のこと」と題して理恵の最期の様子を書いている。

「二〇〇五年十二月十五日、理恵の甲状腺癌の手術は成功しました。……五日後くらいに、詩が書けたのよ、と理恵は言いました。……「夢を見たのよ。お墓があって、皆んなでその周りに花を植えているの。いろんな色の花、土を掘ってね。綺麗なのよ、でもバルと私は上からその光景を見ているの」「ふーん、なんかよさそう、見せてよ」「家に帰ってちゃんと仕上げてからね」「楽しみだわ。これからどんどん書けるといいわね」「うん、なんかそんな気がする。」……最後の日、何度も目を開けて私を見ました。「大丈夫よ、側にいるからね」というと、頷きました。……」

●主な参考資料
『詩集　夢のなかで』（一九六七年十一月二十日　晶文社　跋＝粟津則雄）
『吉行理恵詩集』（一九七三年六月二十日第三刷　晶文社　跋＝清岡卓行）

『吉行理恵詩集』（一九八一年九月一日第六刷　思潮社現代詩文庫65
作品論＝粟津則雄、詩人論＝虫明亜呂無）
『小さな貴婦人』（一九八一年七月三十日発行　新潮社）
『男嫌い』（一九八一年十月十日第三刷　新潮文庫　解説＝伊藤信吉）
『記憶のなかに』（一九八一年十月十五日第一刷　講談社文庫　解説＝奥野健男）
『黄色い猫』（一九八九年八月二十五日第三刷　新潮社）
『猫の見る夢』（一九九一年四月十五日第一刷　講談社）
吉行あぐり『梅桃が実るとき』（一九九七年八月十八日第十六刷　文園社）
『吉行エイスケ作品集』（一九九七年十月十七日第六刷　文園社）
『続・辻征夫詩集』（一九九九年三月一日初版第一刷　思潮社現代詩文庫155）
『吉行理恵レクイエム「青い部屋」』（二〇〇七年六月十五日第二刷　吉行あぐり編　文園社）

（「江古田文学」73号、二〇一〇年三月）

ジャン＝ミッシェル・モルポワ、海辺にたたずむ自意識探索者

一九五二年生れのフランスの詩人ジャン＝ミッシェル・モルポワの初期詩集のいくつかを読んで、フランス現代詩の指導的理論家のひとりでもあるモルポワの詩作品について考えてみたい。モルポワは第一詩集『ロクチュルヌ』（一九七八年）から第十二詩集『青の物語』（一九九二年）までの十四年間に猛烈な勢いで詩集、評論集の出版を重ね、『青の物語』で詩的噴出が一段落すると、しだいに詩的散文と自身で呼ぶ小説に移行していく。再婚によって二子を得ると、子供たちを観察する手紙風の日記へ、成長する幼児の日常に併走する視点へさらに推移していく。詩は青春までの表象であるのか。そうであろうが、彼自身にとってはそうした表現のためのうつわは、その時々で使いやすいものを自分で工夫して用いればよいほどの意味しかなく、モルポワにおいて形式、

ジャンルにこだわりすぎるのはあまり意味がないとやがて気づかせられるうえ、出発時からの形式上のスマートさが彼の詩の本質を捉えそこなわせる恐れが無くもない。（だがしかし反面でこの詩人ほど詩的形式美に敏感な詩人はあるまいと思わせられるのは、代表詩集『青の物語』が九篇九章、つごう八十一の短い無定形な散文から慎重に構成されているのを見る時である。）断章の形でまとめられた第四詩集『エモンド』（一九八一年）で「詩は死んだ」と断定し、「詩を棺に納めよう」と青年の勇み足を示し、しかしこの奇妙な誘いが読者の沈滞した詩への思いを覚醒させるインパクトを引き起こしたのは間違いない。問題が抽象ではなく、現実の日常の問題であることに気づかせてくれたのである。詩とは自分の外にあるものではなくて、自分自身と自分の内部に日常的に常住する問いであることを。心の中の質問――『青の物語』ではこの詩集を構成する八十一篇の短文すべてがこの質問を投げかけるのを止めない。人間は生きている限りぶつぶつとつぶやき続ける自意識の動物である。人間が生きているということは心臓と同じく自意識が動き続けるということで、詩はこの自意識にぴたりと張り付いて共に生き続ける。モルポワが詩（＝リリシズム）は死んだとテーゼを投げかける時、それは人間のある一面が死んだように停滞しているという自覚を表現していることに他ならない。そのような停滞がなぜ人間に蔓延《はびこ》ってしまったのか。詩が人間の一面ばかりを強く主張しすぎたからではないか。

　モルポワと同年生れの詩論家ミッシェル・コロー教授はモルポワの思考方法について、「不確かさを原則としながらも正確さを気遣い、偶然性に対して鋭い感受性を持つと同時に明快で厳密な形式を追求し、死や欠如にほとんど物悲しいまでに魂を奪われ、しかも生の脅威に対してつねに心を開いているという、逆説的な調和のとりかたをしている」と、その本質的二元性を指摘する。平たく言えば、唯一無二の信条で自己を律することから覚めてしまった現代人の無節操性と貶めることもできるかもしれない。だが、モルポワは学者であり詩人である実在性において明快な批評性という現代人の自意識に足を踏んばり続ける。フランス東部山峡の地モンベリアールで幼少期を過した彼は、成人後ことに夏にはフランス西端フィニステール県の小漁村ポールサルに過ごして海辺にたたずみ、海の波の寄せ返しを自己の自意識の脈動性のつぶやきに同調させ続ける。

われらのうちの一人はときおり海辺にたたずむ。彼は長いことそこに居る。青を見つめて、教会にいる時のように背すじをまっすぐ伸ばしてじっとしている。彼の肩にのしかかり、おさえつけているものに少しも気づかず、ひどく頼りなげに、沖にむかって呆然としている。…

（『青の物語』作品第3、抜粋）

詩は何も特別な状況ではなく、きわめて普通の日常を描写し、そんな平穏な生活の中に自意識＝人間であることを探し続ける。モルポワの詩学は、「詩を棺に納めた」青年の反抗心をさらに継続的に掻き立てるよりむしろ、平静な日常の内面に潜り込んで行こうとする。そして面白いのは、アンヌ＝ストリューヴ・ドゥヴォー教授が指摘するように、この海辺の探索には、フランス現代詩にいくつかの源流がある。きわめて個人的に実行されるかに見える詩の行為にも文学的培地の故郷があるのだということに気付かされることである。このとき私たちは文学にしろ哲学にしろ、あるいは宇宙工学などの技術系の文化であればなおさら、人間の活動は突発的な孤立したものではなく、詩的空想力においてはいっそう、個人的活動そのものが滔々たる大河の源流に育まれて、その本質を自己の時代に適合的に蘇らせる行為であるのではないかと気付くのだ。

（書き下ろし）

詩人のラブレター（抄）

ヒロシマ神話　嵯峨信之

失われた時の頂きにかけのぼつて
何を見ようというのか
一瞬に透明な気体になつて消えた数百人の人間が空中を歩いている

（死はぼくたちに来なかつた）
（一気に死を飛び越えて魂になつた）
（われわれにもういちど人間のほんとうの死を与えよ）

そのなかのひとりの影が石段に焼きつけられている

（わたしは何のために石に縛られているのか）
（影をひき放されたわたしの肉体はどこへ消えたのか）
（わたしは何を待たねばならぬのか）

それは火で刻印された二十世紀の神話だ
いつになつたら誰が来てその影を石から解き放つのだ

（『愛と死の数え唄』一九五七年、詩学社）

一九四五年八月六日の米軍による広島への原爆投下をテーマにした嵯峨信之氏の作品「ヒロシマ神話」は、わずか十二行の詩ですが、日本の現代詩が世界にさしだす最も大切なラブレターです。詩の後半では、銀行の入り口の石段に焼きつけられたひとりの犠牲者の人がたの影が、ここで何を待たねばならないのかと問いかける内容になっています。広島と長崎が人類最初の原爆投下の犠牲になってから六十年余りが過ぎましたが、まだ私たちはこの人影の問いかけに答えることができません。またいつ、突き抜けるような夏空の果てから不気味な轟音が接近してくるのか不安を抜け出すことができず、それどころか東日本大震災による原子力発電所の事故は、核そのものの問題への無力感をさらに重苦しいものにしています。ヨーロッパでの《ユーロシマ》という原爆被害の恐怖をあらわす新語さえすでに古びてしまうほど、放射能被害は国家をこえて全人類的問題に拡大しています。ここでは木島始氏の英訳で挙げましたが、鈴木瞬氏のドイツ語訳もあります。(英訳略)

*

(自分の夜に…)　シャルル・ジュリエ／有働薫訳

自分の夜に
潜らなかった人は
地獄に
降りて行かなかった
返ってくるまなざしについて
かれは何が分るだろうか

自分と向き合うことについて
生まれいずる苦悩について

かれは何が分るだろうか
戦闘の激しさについて
底知らずの苦境について
断末魔の恐怖について

かれは何が分るだろうか
死を
受入れることから
何が生まれてくるかを
(『対訳フランス現代詩アンソロジー』二〇〇一年、思潮社)

シャルル・ジュリエ(1934-)の詩は、形式を気にせず自己の内面から湧き出る言葉をそのまま率直に書き付けていくといった感じで、詩行の単純さがかえって内面探索の渾身の追求の深さを暗示します。テーマが一貫して自伝的であり、掲出の詩も、自己の内面に深く沈潜することによってこそ自己の生の意味を確信できると語りかけ、多くの読者から信頼をこめた支持を受け、真の意味での詩人として尊敬されています。ジュリエの詩の個性は、生後まもなく孤児として農家に引き取られ、十二歳から二十歳までを士官学校の幼年兵として寄宿舎で過し、その後リヨンの軍衛生学校を退学して文学を志したという、ちょっと風変わりな生い立ちによるところが大きいでしょう。思春期の自己形成に正面から立ち向かった苦難と内省の激しさが、深い内面性と、他者と世界に対する浸透力のある視力を養ったに違いありません。一九九六年暮れにエッセイ集の日本語版の刊行を記念して来日されたジュリエご夫妻の歓迎朗読夕食会を催しましたが、もの静かなたたずまいと会話への積極的な姿勢が強く印象に残っています。現在YouTubeで数多くの講演やインタビューを見ることができます。

*

うろこ　レジーヌ・ドゥタンベル／有働薫訳

激しく　はずみが
必要だった
おどおどした
さいしょの結びつき
きみのほほの血のモーゼの律法
ひっくり返った丸椅子と
ぼくたちのくちびるの間にこびりついた髪のひとすじ
　にかまわず
きみの舌をおおう
うろこ
をひっぺがすためには

（『聖なる図像《イコン》 *Icônes*』一九九九年）

モルポワたちより一世代若いレジーヌ・ドゥタンベル（1963-）は、作家としての地位を確立した後で数冊の詩集を発表しました。第一詩集は『聖なる図像《イコン》』で、三十六歳でのデビューです。動物の交尾により近いといえそうなシンプルで切迫した愛の始まり。背景としてあるのは、ひっくり返った椅子とふたりの唇の重なりに割り込む唾で濡れた彼女の髪の毛ひとすじ。《キスすることはきみのうろこをひきはがすこと》というフレーズが衝撃的です。《わたしは憎しみと反感、さめた愛情の表現がむしろ好きだったことに気がついている。わたしは愛の終わりが好きなのだ。》と、この詩集のあとがきで早くも宣言するほど、愛が自立の（ドゥタンベルが女性であるだけになおさら）試練としてとらえられています。詩の中に出てくるモーゼの律法とは、旧約聖書において神が与えた人間が守るべきおきてのこと。ドゥタンベルの詩のように、女性と男性が性において同じレベルに並ぶということは、これまで見られなかったことです。男性か女性かの、異性に対する強い思いを的確に述べる、名詩といわれるものは多々ありますが、この詩人の場合は、両性が同じ面で行為し、感じている、コミュニケーションに段差がまったくないことが革新的です。

*

ことづて　マルク・コベール／有働薫訳

彼女は腹の上に絹のリボンを結んでいた
それでぼくは彼女のからだの約束が分かった

（二〇〇六年書き下ろし作品）

マルク・コベール（1964-）はニース生れ。現在アンジェ大学でフランス文学を教えています。一九九三年から六年間日本に滞在して、大阪大学、名古屋大学で教鞭をとるかたわら、精力的に日本文化、朝鮮文化の吸収に努めました。二月の一番寒い時期にこれから佐渡に渡るというコベールに驚きもし、感心もしたことがあります。見かけは、ほっそりした顔立ちの見るからに育ちのよい坊ちゃんですが、彼の内部には何か意識の激しさがあるように感じられます。それは一言で言えば、「詩への情熱」でしょうか。彼の異文化への偏見の無さはそこから来るのかもしれません。偏見が無いといっても、異文化への違和感を激しく感じながらのもので、意識を跋渉しつくすような彼の詩には違和感と探究心との間で揺れ動くエネルギーが燃えています。愛に関しても、彼のエクリチュールから推測すれば、日本滞在中も日本女性の恋人があったようです。アジアからの帰国後フランスの知的な女性と結婚していますが、書き下ろしで送られたこの二行詩も、結婚にいたったその恋人へのラブレターのように思われます。ただ、詩人コベールの視線は同国人の愛妻との偕老同穴のみにとどまりはしないようです。もう一篇、故郷ニースに近い町ロデーヴを歌ったつぎのような愛の詩を読むと、そのことがよく分ります。

ロデーヴにて

ロデーヴには
セーヌ河畔のセイレンほどには
美人のセイレンの像はないけれど
その声の音楽的なフィナーレに

乳房のあいだのよい匂いに
ぼくは憧れたのだろうか？
回遊式の遊歩道には
おおぜいのアラブやジプシーの娘たち
星空の下では
アポリネールのスラヴの声さえ聞こえる
そして葉群れの間には
猫たちの目が光る

（『詩人のラブレター』二〇一二年ふらんす堂刊）

わが詩人たち

秋刀魚焼けて長い皿探す
竹煮草手甲の伯母の背の高き

尊敬する詩人について書くようにとすすめられてすでに一ヵ月がたつというのに、まだ書きはじめられない。詩が好きだとは気軽に言うが、好きということはご飯よりどうかということだとむかしよく言われた。詩人となると……まずいちばんは同人誌「オルフェ」の先輩、渋沢孝輔氏だろうか。氏の晩年、頻繁にお宅にうかがい、奥様からまた来たのと呆れられた。よく考えてみると、あれは自分を救いたかったのではなかったろうか？　そんな一方的な事情をさりげなく受け止めてくださった。詩の友人たちとお宅にうかがった翌日、メガネを忘れたことに気づいて、お玄関までもらいにうかがったことがあった。その時のことがよく思い出される。昨夜の渋沢さんとは少し印象が違った。普段着のお人柄という感じだったろうか？　渋沢さんは大げさな言い回しがお嫌いだった。そして八代亜紀の「舟歌」を完璧に歌われた。同人誌「オルフェ」の旅行会で、夕餐の後、歌ってと皆にせがまれ、少し待ってとさらにグラスを干されたあと歌い出された節回しは、私にははじめて聞く歌だったが、深い激情を湛えていた。また強く印象に残るのは、ランボーについて〈痛ましい〉と書かれていることだ。それはなまの詩人に肉薄する言葉だ。渋沢さんの詩を一篇だけ挙げるとすれば、やはり「岸辺」だろう。亡くなられてずいぶん後のこと、信州上田市の常楽寺に参拝した。池端にこの詩に歌われた常世への石の舟が半分水に浸かって舫ってある。舳先に乗って写真を撮ってもらった。

辻征夫さんとは同じ昭和十四年生れである。辻さんと作家の小沢信男さんがはじめられた余白句会に最初は清記人として呼ばれて、次回からメンバーに《格上げ》して頂いた。座の中で隣同士になっても別に話もなく、別に居づらいこともなかった。いちど、多田道太郎邸で句会があって、京都宇治に吟行した折のバスの中で隣り合わせ、映画の話をした。ベトナム人の監督がパリで製作した映画『青いパパイヤの香り』がいい映画だと言われたがわたしはまだ見ていなかったので、会話は途切れてしまったが、ともかくもキャッチボールが数回往復できたのはその時だけだったと思う。今年になって余白句会のネーミングにもなった辻さんの詩集『ヴェルレーヌの余白に』（一九九〇年思潮社刊）を精読して衝撃を受けた。この時点で辻さんはすでに極点まで行き着いていたのだ。その後の辻さんは詩的位相からすれば余白だったのかもしれない。辻さんはヘンリーネックのシャツをよく着ていらして、すっきりした辻さんの風貌によく似合っているとそのつど感じた。たぶんご本人の好みというわけでもなく、奥様の郁子さんが選んであげていらしたのだろう。

加藤温子《はるこ》さんと銀座四丁目のレストラン「柘榴」でビフテキを食べたことがある。安原顯さんにチケットをいただいて、エリック・ロメールの映画の試写会を見た帰りだった。東京駅丸の内口が改装されてホームの位置がひどく高くなり、エスカレーターを何本も登って中央線に乗って帰った。加藤さんからいただいた最後のメールは、二〇〇〇年十月二日づけ。「…偉くてしっかりしていて、日本女性の鑑のような詩人たちだけど、私はあなたのようなのが好き。」このメールの言葉はその後ずっと私の詩的歩行の足元を照らし続けてくれている。赤紫のコートで微笑んでいらっしゃる加藤さんとのツーショットを部屋に飾って、折々会話を楽しんでいる。

三浦正道さんは、近代ギリシャ詩の翻訳者である。現住所に越してきた当時、駅前の書店の棚で三浦さん訳の『近代ギリシャ詩集』（一九七八年蝸牛社刊）を見つけた。真四角な小型本で純白の表紙と青い内表紙のコントラストが美しかった。この本を題材にして「献月譜　八月」という詩を書いた。その後、詩誌「オルフェ」にアルベルト・サヴィニオの短篇「ロレンツォ・マビーリ」を訳した時、この詩集にマビーリを訳されているのでとコピーをお送りしたところ、丁寧なお葉書をいただいた。あとで知ったが、学生時代に大村雄治先生のギリシャ語・ラテン語の特別授業を受けてギリシャ詩を訳すようになられたのだった。フランス現代詩を訳したかった私にとって、同じ思いの貴重な先輩でいらした。お勤めの高校を定年退職されてから、ギリシャ旅行に出ました、もっぱら本を買うためです、と楽しそうな絵葉書をいただいた。三浦さんの訳されたマビーリのソネット「忘却の川」を折にふれて開く。

アルベルト・サヴィニオは、一九五二年、六十一歳で亡くなった。イタリアの画家キリコの三歳下の実弟である。『キリコ回想録』（一九八〇年立風書房刊）を共訳した時、弟を悼むキリコの文章が強く印象に残った。鉄道技師の父親の赴任地アテネで生まれ、当地のコンセルバトワールでピアノと作曲を学んだ。絵を描き、詩と小説を書いた。パリに住んでいたこともあり、主な作品は仏訳されていた。それらからでさえ、その文体の生命感が伝わってきた。イタリア語を学び直してサヴィニオに取り組みたいとも思った。子供と大人に意識の差がなく、空間と時間が融合した、まだ見ぬ次元の存在を予感させてくれる。十代で作曲した「カメリア」というオペラは、ミュンヘンでマックス・レーガーの前でピアノで弾き感嘆されたという。十九歳の時パリで発表した「瀕死人の歌」というソプラノの組曲は極度の緊張感を強いられる。仏語訳からいくつかの短篇を訳して「オルフェ」に発表したが、これらはいずれオペラに仕立てたいと書かれていて、その主人公はアポリネール、ヴェルディ、ベックリン、ロレンツォ・マビーリ、ストラディバリウスなど、実在の人物たちだった。サヴィニオの絵はいちど見たら忘れられない。都市と巨大な化け物と影――サヴィニオの心理的謎には到底手が届くまい。サヴィニオにダヴィンチを思わせる超越性を感じる。

（書き下ろし）

作品論・詩人論

現代詩花椿賞祝辞――『幻影の足』

鈴木志郎康

　有働薫さん　第二十八回現代詩花椿賞受賞おめでとうございます。

　本当によかったですね。五十年前の早稲田大学のフランス文学専攻の同窓生として、また『雪柳さん』からの詩集の読者としてとても嬉しいです。この受賞でこれまで書いてきた詩にも光が当たって輝いてくるように思えます。五十年前の有働さんはわたしには気が強くちょっと反抗的なきりっとした少女という印象でした。今度の詩集『幻影の足』の「豊坂」という詩の、坂道をローラースケートで滑り降りていく少女がそのまま大学生になったという印象でした。その少女が一途に詩を書き続けてきたわけですね。『幻影の足』を読んで、有働さんの「幻影の足」は詩を目指した少女の一途な心なのだと思いました。

　二年前に、詩集『雪柳さん』を読んだ時に、詩を書くことで生命感を取り戻して、その言葉で生活を支えている人の存在を感じたのですが、その後の詩集の『*Surya* スーリヤ *Surya*』や『ジャンヌの涙』を読んで、口幅ったい言い方ですが、有働さんは詩人として成長したな、と思いました。詩の言葉がご自分の行動や感性や幻想などを自在に語るようになり、とりわけジャンヌ・ダルクに寄せる思いから「処女の純粋無垢な光」の永遠性を語る言葉を獲得したと思いました。今度の詩集『幻影の足』は、そのいろいろな言葉のあり方が実を結んだのですね。現在、詩を書く言葉が個人性をなかなか越えられませんが、有働さんの詩の言葉には、そこを越えていくように感じられるところがあって、これから書かれる詩がたのしみです。


（二〇一〇年十一月二十六日、第二十八回現代詩花椿賞贈呈式によせて）

身を乗り出させるハイブリッド詩　阿部日奈子

――『モーツァルトになっちゃった』

驚くべき詩を書くのに、ひとの詩集の書評となると、わけのわからない感想に終始する詩人がいて、そういうとき、志賀直哉氏は最高の小説家であるがリズール（精読者）ではなかった、と断じた三島由紀夫『文章読本』の一節を思い出す。この点、有働薫は実作者にしてリズール。翻訳者として実績のある有働だから当然といえば当然だが、読みの確かさにははっとさせられる。詩誌「repure」で好みの詩を紹介する「愛詩添想」は、その選も鑑賞も毎号楽しみな連載だ。

『モーツアルトになっちゃった』にも、こうしたリズールの資質はいかされていて、モーツァルトやアルベルト・サヴィニオの音楽、ネルヴァルやランボーの手紙、誰彼の評伝的事実が、有働の鼓膜で濾され眼差しで糅され、じかに知るひとの営為をなぞるような滑らかさで詩に取り込まれている。

好例として一篇挙げるなら、やはり表題作「モーツァルトになっちゃった！」だろうか。これは、前詩集『幻影の足』の「ピザンおば様！」と同じく、ある人物になりかわって語る詩だが、「ピザン～」が一人称の切迫した訴えで張りつめた劇を創り上げるとしたら、「モーツァルト～」は時代も場所も超えて浮遊する神童の魂が、数羽の小鳥に分身して連から連へと飛び移りつつ歌い交わす脱ドラマのおもむき。

ここでまず目を引くのは、天上的で天衣無縫で晴朗というモーツァルト像に鋳を入れる、不穏当な言辞だ。〈神童と呼ばれた子供時代から人懐っこく可愛らしく、晩年はやたらと借金をおねだりする甘ったれだったし、どの作品も純真な愛らしさに満ちているが、ぼくはけして愛され上手ではなかった。自分の本質にかかわる愛され方しか望まなかったから〉〈宮廷も大衆もぼくを消耗させた。肩書きや外見がものを言う世間の評価が及ばない成熟した精神を、終始じっとしていない子どもっぽい振舞いに包んでいたところにぼくの不幸があったんだろう〉等々。

こうしてモーツァルトの印象が揺さぶられたあと、最終連〈ピアノコンチェルト第二十七番〉に至って、その全仕事と全人生が、意外な、しかし言われてみれば真実味のある一言「精一杯生きた」に収斂する。〈二十世紀半ば老年のバックハウスが粒立つタッチで演奏する／喜びとか哀しみとかの感情区分にはいらない／十全で夢幻な存在のエクスタシーを創り出し／またたく間に駆け抜ける――夕焼けが／愛らしいたくさんのパッセージで染めた千切れ雲の散らばる空を／何も思っていない／精一杯生きた〉。そう、たしかに、光源たる神童は失意を振り払い振り払い、三十五年を精一杯生きたのだ。

ジャン＝ミッシェル・モルポワ『イギリス風の午後』の翻訳に付した訳者ノート（「ユルトラ・バルズ」21号）で、有働はモルポワの真髄を〈感性プラス知性のハイブリッドなリリシズム〉と捉えているが、これはそのまま有働にあてはまる。詩の読者はまず感情の扉を叩かれ、と同時にノックに応えて自分も何か言いたくなり、身を乗り出してしまうのだ。

（「現代詩手帖」二〇一四年十二月号）

この世の歓び――『露草ハウス』

中本道代

有働薫の八冊目にあたる本詩集では、有働さんが自分の人生を振り返るという姿勢が際立っている。長く遠い時間の中でわからないままに過ぎた事柄の意味を問い、記憶に棲む懐かしい人々と対話し、亡くなった人たちに語りかける。その中で有働さんは娘である自分、妻である自分、妹である自分、姉である自分、友である自分などのそれぞれの位置を確かめている。人との関係の中にあった自分を見つめ直すことで、自分の生を新たに見出そうとしているかのようだ。「養鶏場」という作品を見てみよう。

養鶏場の隣りのアパートに連れて行った

ひとはまいにち前日をやりなおす
雑草の名前をつけてくれたひと

こッこッこッ
騒がしく
金網に閉じ込められたニワトリたちが

「養鶏場の隣りのアパートに連れて行った」のは誰だろう。「雑草の名前をつけてくれたひと」とあるので父親かもしれない。その人との間の感情のわだかまりを「あれは何だったのだろう」と振り返っている数行のあと、

言葉ではとどかない
川へ食用のニワトリたちが
こっつこっつなきながら一羽ずつ

溺れていく

うまく生きられなかった若い日の苦しみと、愛してくれている人との感情の葛藤が、ニワトリの命の痛ましさと重なり合って迫ってくる。

また、この詩集で注意を惹かれるのは、記憶の中で輝くものの儚さに触発されて詩が生まれてきている点だ。巻頭に置かれている「日の出月の出」では、おそらく結婚生活のはじまりのころの「わたし」と「あなた」の日々が、暁の光をうけたドアの取っ手の水色の輝きによって浮かび上がっている。他の作品でも秋の夕月の白金の焔、青い蜥蜴の尾の鉄色のきらめき、青い石のように光る露草、もんしろちょうの白い閃光、草藪の緑の火葬窯、狼少女の緑に燃える眼、メタセコイアのまっ赤な炎など、瞬間瞬間で消えゆくものの輝きが限りなく愛惜されている。これらはみな、この世の歓びなのだ。近年の有働さんの詩には音楽が絶えず響いているが、そこにも生まれては消えゆくものの晴れやかな輝きがあるのだろう。有働さんの詩は、ひたすらにこの世の歓びを巡っている。

（「現代詩手帖」二〇二〇年十一月号）

有働薫論

野村喜和夫

いつどこで有働さんと初めてお会いしたのだろう。覚えていない。わが先師渋沢孝輔宅であったか。有働さんは同じ「オルフェ」の同人として、また同じ仏文系として、しばしば渋沢宅を訪れていたというから、やはりよく酒宴に招かれていた私と出くわすということがあったかもしれない。別の記憶を辿ると、一九九四年に私は「現代詩手帖」の詩書月評を担当していて、そこで有働さんの『ウラン体操』に言及しているのだが、そのときすでに面識があったかどうか、これも覚えていない。ともあれ、私が有働さんの存在を強く印象づけられたのは、失礼ながら、その作品よりも、フランスの現代詩人ジャン＝ミシェル・モルポワの『エモンド』や『青の物語』の訳業を通してだった。素晴らしい翻訳で、私も大いに触発された。思うに、ようやくその後に『雪柳さん』や『幻影の足』といったすぐれた詩集を読んで、詩人有働薫の輝きが私の目にも入るようになったのではないか。有働さんが訳したモルポワの美しい断章に、

詩の記憶が言葉からごく僅かな永遠の切れ端を追い出す、最後の薪が崩れ落ちるとき空に向かって吹き上がる熾火のスパンコールのように。これらの火の昆虫をわれらはいつか捕まえられるだろうか？

とあって、おそらくは「これらの火の昆虫」を捕まえに、有働さんも詩人として出発したのだ。

＊

さて、詩人を論じるのに、その詩ではなく批評やエッセイから入るというのは邪道かもしれないが、ここではそれを試みてみよう。この詩文庫に収められた、有働薫が吉行理恵について書いた文章。詩人の書く批評は、多くの場合、他者を通して実は自己を見つめるための鏡の役割を果たす。有働が吉行理恵を論じるのも、同世代の共感からだけではないだろう。より個の事情に根差した

類縁のようなものを吉行作品に感じていたのではないか。じっさい、有働は吉行について、「彼女の詩世界は彼女自身が独力で生み出すイマージュで完璧に構成されていて、けっして他人が口を差し挟む余地を残していない。さらに彼女の詩が彼女の環境、彼女の実際の生活、彼女を取り巻く周囲にきつく密接していることにも驚かされる。夢と言い、幻影と言って、彼女の詩は彼女の存在のレアルな現象からかけ離れているかのように一見見えるが、じつはまったく逆で、むしろ極めてレアルであり、野良猫のように現実にさらされた中から言葉が発せられていることに気づかされる」とか、「現実へのいたたまれなさ、いらだち、どうしようもなさ。そこからの唯一の逃亡手段が夢想である。だが、彼女の詩的世界はレアル五十五、ヴィジョン四十五の、たとえば新古今和歌集にも歌われた、残暑の頃の夏と秋の混じりあった微妙な行合いの空なのである」と書くのだが、この「彼女」とは、まるで有働薫自身のことのようではないか。少なくとも私にはそう思われる。ここから出発しよう。

＊

有働薫という詩人は、しかし吉行理恵の場合とは違って、つつましく控え目にあらわれる。デビューが遅かったせいもあるかもしれない。最初はさりげなく、一見、身辺の事物が数え上げられるだけである。第一詩集のタイトル通り、有働の詩の世界は事物の「冬の集積」から始まるのだ。

ジランドールを下げた耳
理論的に可能
デュアルシステムは高価につく
特に女であること
オフセット
場所をあけわたす
アネリード

注目すべきは、同時に記憶が呼び出されるということだ。事物は見られているだけではない。思い出されても

いる。いみじくも「My screen」と題された詩では、

子供の練習曲のような
あじけない時間のなかのほのめき
冬の日だまりの一輪の花の輝き
ひとの声やじぶんの声の記憶のなかの断片
こころの動きがかたちをとろうともがいているけはい

この「けはい」は、ときには文学的な記憶、伝説やメルヘンのきれはしとなって「かたち」を結ぶ。メーテルリンクの戯曲が想起されている「メリザンドの娘」では、そこに登場する「少女」が、いつの間にか、自由間接話法つまり内的独白の働きを利用して「わたし」に推移し、次のようなきわめて意味深い結尾をもたらすのである。

夜の湾をこぎさった船は
南へか北へむかったか　きこえるわたしに　海を渡る
鳥のはばたき　流氷のきしむ音　櫂をあやつってわた
しもいくだろう

これだけの準備をしておいて、ようやく、記憶と現在という真に有働的な主題があらわれる。より正確には、記憶と現在を繋ぐ狭間——「夏と秋の混じりあった微妙な行合いの空」——の位置に、主体のステータスが、やはりつつましく置かれるとき、真に有働薫的な詩の世界が始まるのである。詩集『雪柳さん』がそれにあたる。『冬の集積』から十年以上の時間が経過している。あとはもう自在に闊達にその狭間は広がり、深められてゆく。そこに織り込まれているのは、フランス文学を主とするゆたかな教養のバックボーンであり、かと思えば、「野良猫のように現実にさらされた」主体のヒリヒリするような感覚である。

『雪柳さん』はアルファベットのaからoまでの順に、さまざまな書法を試みながら、記憶と現在を交錯させる。核になっているのは、「h．雪柳さん」に出てくる「雪柳さん」という不思議な人物表象だが、「a．白猫抄」の白猫の美しい尻尾を類縁的に受け継ぎ、さらに、当然ながら、ユキヤナギという植物のイメージとも混淆して、

これこそまさに、記憶と現在の狭間に開く有働的世界の象徴的存在にほかならない。

「雪柳さん」
わたしは軽く名を呼んだ
隣席の男はふりむいた
見間違いではなく
昔と変わらず
雪柳さんは清々とした表情で微笑した
わたしはこどものように安心してまた後ろの人との雑談に戻った
だがふと気づくとわたしのからだの左側が雪柳さんの右側にぴったりとくっついていた　あわてて身を引こうとしたが、逆にからだは吸い取られるように隣席の男の体温の在りかのほうへすでに流れはじめているようだった

どこか夢の記述風だが、「h・雪柳さん」自体は、「小学生の通学路の途中で見た、生け垣の隅に道のほうへ咲きあふれている白い雪やなぎが写真のショットのように網膜に映った」とリアルに結ばれるのである。

「雪柳さん」、あるいは記憶と現在とが働き合う場。そしてそこに、可能性としての少女時代という一種のパラレルワールドが夢みられもするのである。「メリザンドの娘」「ウランちゃん」「マッチ売りの少女」といった少女表象がすでにその夢想を運んでいたのだが、この現代詩文庫を読みすすむにつれて、とりわけジャンヌ・ダルクという存在が有働の想像的世界のなかで特権的な位置を占めていることに気づかされる。

まず、「ジャンヌの涙」。ジャンヌ終焉の地をみずから訪れたことがすべての発端となる。ついでコラージュによる評伝風の「悪の伝説——永遠に対照的なるもの」。同時代の殺人鬼ジル・ドレをジャンヌに「対照」させるが、「ジルの邪悪はジャンヌの清純を目に見えるものとするための地の色」とする。さらに「乙女村」への再訪を記した「村」。バーナード・ショーの戯曲『聖女ジャンヌ・ダーク』を引用する「左右の距離」。最後に、同時代の女性詩人クリスティーヌ・ド・ピザンにジャンヌ

の救出を訴える「ピザンおば様！」。どうしてこうも頻繁に有働作品にジャンヌ・ダルクが登場するのか。

それは記憶が歴史的事象と結びつき、個を超えた広がりを得るということであり、その広がりがまた詩人の現在へと縮約されてゆくのであって、こうした想像力の往還のダイナミズムに立ち会うと、有働薫が、さりげなくも、いかに本格の手つきを有している詩人であるかがわかろうというものだ。それにしても、なぜジャンヌ・ダルクなのか。

＊

ここからは私の独断的な読み解きだが、有働の無意識的な情動のどこかに、犠牲へのオブセッションがあるのではないか。では、犠牲とは何か。宗教学的にして文化人類学的な、とても私に答えられるような問いではないが、思いっきり単純化していえば、それは共苦への促しである。犠牲の系譜を辿れば、その最大の例はもちろん磔刑のイエス・キリストであり、さらに辿れば、牧畜民における身代わり羊のような供犠の場面にまで遡れるのだろうが、有働がキリスト者なのか、私は知らない。いや、供犠といえばバタイユだ。有働は仏文系なので、バタイユを読んでいる可能性は大きい。いずれにしても、ここで強調したいのは、そのような犠牲への感性が、彼女の場合、人一倍敏感に働いて、つまり犠牲に立ち会うことによる共苦というエモーションの発動が、詩作の大いなるモチーフになっているのではないかということだ。「月の魚」という詩では、やや象徴的に、「月の砂漠の砂の流れを／月の裏側の真闇にすむ魚が／泳いできて／わたしの垂らす釣り糸の／とがった針を／可愛い口で／飲み込んで」、そのあと、

魚は痛さに
痙攣し
わたしの糸が痙攣する
わたしの魂が
痙攣し

地球から来た

水の一滴
未曾有の愛に
失神する

と書かれるが、このような「痙攣」の連鎖が犠牲という事象の意味である。ジャンヌ・ダルクに思いを馳せながら、有働の「魂」は「痙攣」しつづける。

さらに言えば、ジャンヌ・ダルクという犠牲の人物表象は、すでにみたように、一方で可能性としての少女時代という、もう一つの深く無意識的な有働的テーマとも結びつき、他方で、モーツァルトやランボーといった夭折者——夭折もまた有働にとって犠牲の一種なのだろう——の系譜をも引き寄せる。この深さと広がりが、ある時期以降の有働作品の豊かさをもたらしているのである。現代詩花椿賞に輝いた第六詩集『幻影の足』の「幻影の足」とは、ランボーの失われた右足のことであり、そのランボーとモーツアルトとの対話という形式を取った力作「ふたり」では、「割って入った二十一世紀の声」に有働はこう語らせている。「それは、冷たさ、透明感、無価値感と呼べばいいのか、人間が世間的な欲望の器であることをやめてしまったらこうなるのではないかと思わせる、落ち着きの無さ。つまり人間から様々な局面での欲望を削り落とすと、こんな人格が現われるのではないか、と想像させられるのです。ひどく明るい、影の無い、そわそわした、うわっついた、子供のような。」

＊

「ひどく明るい、影の無い、そわそわした、うわっついた、子供のような」、——よくもまあ、これだけの形容を数え上げたものだと言いたいが、どこか吉行理恵論にあった「現実へのいたたまれなさ、いらだち、どうしようもなさ」とも響き合うこのアイロニカルな形容群は、それほどまでに、純粋な魂、ニーチェ風にいえば「生成の無垢」の実質であり、それがジャンヌ・ダルクからランボーまでを貫き、また有働=吉行理恵的な可能性としての少女時代をも貫くのである。

だが、詩人有働薫は生き延びる。「痙攣」に伴う、それがひとつの義務であるというように。犠牲や夭折の系譜を辿った果てに、彼女は、ふたたびの事物の列挙とともに、次のような美しい到達点を書き記している。

記憶はやがて物語に変る
囀りながら天頂へかけのぼる
ウォルフガングス　走る狼

疲れた足でたどりつく
穏やかな休息への軽い杖が欲しくて

月草　蛍草

夕闇のドアを押す
露草ハウス

赤まんま　水引　蚊帳吊り草　猫じゃらし
灰色の小さな蝶が乱れ舞う露草の藪

（「露草ハウス」）

この「灰色の小さな蝶」が、本稿の冒頭で引いたモルポワの「これらの火の昆虫」の変容した姿でもあるらしいことは、もはや言うまでもあるまい。

（2024. 1.）

事後の詩人であること——有働薫の詩業への一視点

竹内敏喜

　振り返れば、一九九〇年以降の自由詩の意味するものが、ほとんどわからないことに気づく。そうした時期は人によって異なるとしても、ある時代についてなら自分なりに詩史をたどれるという実感を、詩人は持っているはずだ。詩史とは詩の再生の姿である。個人的にはその意味の根拠について、書き手の意志に魅力があり情熱が伝わってくるとともに、作品においては人間が地球本来の秩序から乖離していないと感じさせる瞬間を秘めていること、と見做したい。言語的技巧の流行でつないだ作為的な詩史などは、遅かれ早かれ過去の遺物となるだろう。むしろ詩精神の未完結に対する共感が、自由詩の歴史を神話にも似た状態で育んできたのではないか。極端に言うと、ある人が自分の好きな詩人を並べていけば、その人にとっての詩史が現れてくるというのも、再生の一面だと思われる。

　また、詩歌の現状について見るべきものは見えながら、自分はひとりで放り出されていると知ること、これこそ来たるべき未来からの問いかけかもしれない。ひとりで放り出されている感覚とは、拒絶されたような孤独感ではなく、事後の意識を抱えながら地平線の彼方を信じることに近い。詩史の見えにくい二〇〇〇年以降もそうしたスタンスを保つ詩人は、確かにいる。有働薫はその一人だろう。

＊

　この小論の見通しを先に述べると、作品形成のための重要なモチーフとして、ジャンヌ・ダルクにかかわるもの、モーツァルトにかかわるもの、自己の経験によるもの、という三つを仮定し、その移行関係の必然性を確認したうえで、書き手の精神の質を見極めることを目的としたい。経験というモチーフは、詩人の長い創作歴のなかでも意識的に持続させられており、初期作品からの進展を追えばさらに三つの特質を指摘できる。端的に、イメージを生々しく再現することへの固執、イメージをより良く伝えるために他者意識を柔軟化したこと、どんなイメージにも潜んでいる死の感覚の探求、とまとめられよう。それらは概ね複雑さとともにある簡潔な表現であり、実際、対象の個性を形容しているが、その意味するものを作者であっても本当に理解できているわけではない。この不測の距離感が、人生観の熟するなかで独自の自覚を促し、三つの段階をたどらせたと推測しておく。

余談だが、筆者が有働薫とはじめて会ったのは二〇〇〇年末で、「詩学」の投稿欄選評者として二年間同席した際であった。その後も二〇〇三年から二〇〇六年にわたり、私的な合評会で月に一度はお会いした。思い出はたくさんあるが、知的な美およびその超越への憧憬が、彼女の精神を引っ張っているとの印象が強い。その気分の過剰さがジャンヌ・ダルクにともなう悲劇への情熱を深め、自身の作品への評価が高まるとともに、モーツァルトという自在に音楽を操る才能に素直に惹かれていった、と想像される。

今回は主に三冊の詩集を取り上げ、その本質を読解したうえで見解をつけ加える。

＊

まず、詩集『ジャンヌの涙』（二〇〇五）におけるジャンヌという課題を考察する。

最初に作者の意志があふれている詩句を任意に引く。「涙の段階はもうとうに過ぎている」、「身を捧げるという美しい言葉のなんという恐ろしさ」（「ジャンヌの涙」）。「わくにはいりきれないほどのものを／わたしはもう／みた」（「南へのバラード」）。「人は樹木に問いかける／ゆるしてくださいあなたたちがたよりです」（「LAMENTO」）。「日ごと膨んでいく／腹の上に／よみさしのページを伏せて／眠った／幾らでも深く／潜ってゆけた」（「献月譜」）。これらの断片を何度も味わっていると、詩集の発するメッセージがおぼろげながら伝わってくる。それは、とても可憐な様子をしていて、いわば美しい花をみつめる眼という存在でありたいと告げている。その眼が、花をとりまく環境と、ひとりきりで闘っているのがわかる。

ジャンヌという人物像を描く場合にも、彼女の「涙」がリアルとされ、リアルな現象をみつめる眼が「みた」と語っている。なかでも、「フランスの片田舎の羊飼いの出自だと喧伝された」、「姫や公女ではない、土地を耕す（村長クラスの）農家の娘なのだ」（「羊飼いの少女」）といった個性を、作者は重要視しているらしい。この史実こそが共感の発端であり、「どこにでもあるこんな野生のつる草（フランス名は山羊の葉っぱ《シェーブルフィユ》）にも昔の人は心に残る物語を添わせた／あるいは人の心に眠る底知れない激情に祈りを捧げたのかもしれない」（「すいかずら シェーブルフィユ」）との内容に発展する。ところで羊や山羊は聖書でのモチーフだが、それらの善悪観ではなく、「農家の娘」や「野生のつる草」として、ありふれた見かけを残しつつ歴史を超えてきた事実に、詩人はより反応している。ここに「みた」の力の源があるようだ。

その点をふまえ、作者の分身とも思われる「わたし」を拾っていくと、一冊の冒頭と末尾に見出され、これは詩集構成の効果に当てはめて判断するなら、わたしへの疑問、わたしの否定、わたしへの回復、と解釈することもできる。注目すべきは、わたしの否定が持続しているとき、何が生命の位置を担っているかと探ると、植物である。ざっと眺めても、「草むら」、「槿」、「タンポポ」、「菩提樹」、「すいかずら」、「はしばみの木」、「藪」、「くぬぎ」、「月桂樹」、「かわらなでしこ」、「梅の木」、「ゆきやなぎ」、「オリーブ」があり、これらの花は作品のなかで主体の位置を占めるのではなく、主体の不在こそが花に色彩を与えると、やんわり教えてくれる。

以上のように捉えれば、花に生命の意味を問う姿勢がよくわかり、巻末の詩篇「献月譜」での、花にも似た月の位置において「わたし」との共鳴が完成されている、と理解できよう。ただし、これらの思想の背景に、深い諦念が感じられることを見落としてはならない。

*

次に、『モーツァルトになっちゃった』（二〇一四）を考察する。

この詩集では、かつて目にした有働薫の作品中の魂のようなものが、あちこちにうごめいている。様々なモチーフの、その後の成長が示されているとも読めるが、仮に初期作品での詩的技法が自然体で流用されていると受け取った場合、自分を育んだ言葉に、作者が率直に向き合えたことを意味するだろう。結果として、自身の本性の部分がおもてにさらされ、この経験の新鮮さのなかで自己が解放されながら、作品の細部に言葉本来の何かがあらわれ出ようとするのを促しているとも見える。

一方で作者の気質でもある向上心が、文化の叡知を新たに取り込もうとしている。それは詩集タイトルでストレートに示されており、「モーツァルトになっちゃった」という境地に至るための努力が、この詩集での大きな試みになっている。その方法を略説するなら、音楽家や詩人の生きざまなどを紹介しつつ、それぞれの表現者が何にとらわれていたのかを探り、そうした探求の道筋をそのまま自己の創造行為と認め、作品として成立させるものだと言えよう。こちらもまた、言葉本来の何かの出現を促す行為だと考えられる。

そこで確認すべき対象として、たどられた道筋からどんな達成を見出せたのかという問いが浮かび上がる。ひとまず「その微笑と別れの挨拶」に至る理想主義か、それとも「海原の青に記憶さえ溶け去ることをのぞ」む潔癖さだろうか（「サヴィニオ——まぼろしのオペラ」）。「自分自身でいま曲を書いている錯覚」に興奮をおぼえたり、「作品の輝きが実人生の安定を食い尽くすかのような凄まじさ」をひそかに憧れる刹那感なのか（「モーツァルトになっちゃった！」）。いや、「いったい何が起っているのか」という渦中の意識から逃れられない宿命観、さらには「私が居るという生は時限を切られた偶然にすぎない」と見定め、心を静めている老いの姿勢だろうか（同）。

こうした魂の振幅をあらわにしたうえで、詩集としての展開は次の言葉をさしだす。「精一杯生きた」（同）と。この断言自体は平凡だとしても、この位置から再びはじめなければならないのが詩の言葉だと、覚悟を決める作者は非凡にちがいない。それは、「ひとふしのメロディーが朝から頭を離れない」（「白無地方向幕」）という現象を尊いものと見て、その未知の認識を存在者の立場で受け入れるがゆえに、ついには「歌とはちがう、ぼくはきみをちゃんと見つけた」（「テークラまたは牧場の菫」）と語り切る幸福感につながる。いわば、個であることの受動性を超えた精神として、（神の）告知のような響きが感じられる一行を得ている。おそらく来るべき作品とは、書き手の高揚感の痕跡を留めた言葉である以上に、自然の叡知として、彼方からの予言に似ていると気づくべきなのだ。

この気分のまま、詩集を見直せば、以前の荒々しい鋭さに丸みの加わった文体についても、その強弱の自在さで題材を慈しんでいる印象を受ける。作品内容を俯瞰すると、幸福と不幸への視線がくっきりしていて、それはとても人間的な、もしかすると劇的な力を作品に与えている。要するに愛情にあふれているのだ。とりわけ作中の一行「モーツァルトを聴く人はみんなモーツァルトになって聴く」（「モーツァルトになっちゃった！」）は、その感覚に近い。モーツァルトの曲の演奏者の心は、モーツァルトの心になろうとしているはずだから、聴く側が演奏者の心を追ったなら、自分もモーツァルトにならざるを得ない。その達成は理想であるはずなのに、不思議なことにモーツァルトに関しては、たいていの人が気負いなく成立させる。ましてや彼の音楽は心に染みつきやすく、その断片ならばだれもが容易に思い返すことができるため、その人が必要としたときには心で響きはじめるだろう。この包容力の連鎖の示唆こそ、今回の文体が達成した出来事だと感じないこともない。

さらに詩集では、天性の芸術家に対する批評が「二十一世紀の声」として挿入され、その応答を空想する。声が、「なんだろうこの違和感は？　登場人物たちが無重力の中をふわふわ浮いているように見えます」とモーツァルトに述べ、「感情が後退している。無いのではないが、感情より他のものが先行している」とランボーに語ると、そのランボーから「自分でやれ、自分でやれ！」とやり返される（「ふたり」）。この二人は移動の多い人生を送っており、遊動民の精神を生き抜いたと見做せるだろう。二人の表現者は実際には就職活動に苦労したとはいえ、他者との交換関係を望むよりも、個々の自由を尊重し、その感覚が万人に広がることで平等がうまれる世界を夢みたと、考えてみても良い。

解放された詩人の思想は、約十年でここまで広がっている。

＊

最後に、発行年としては前後することになるが、詩集『幻影の足』（二〇一〇）等にふれながら、彼女の詩における経験の意味について全体的に考察する。

この詩集は二部構成で、「西の丘」では生者に寄り添う死の気配を見定めつつ、どの作品にもひとつの希望の光が灯されている。一方、「幻影の足」では死者を振返ることで生の在りかを探るが、作者は明確に墓所の位置を見据えている。この両者を、それぞれ別のモチーフとするのではなく、そこに貫かれる問題を見出すことで、偽物ではない現実感覚に近づこうとしているのが、この詩集の魅力だと思われる。

その挑戦の達成としては、巻頭作品「まぼろし」の一節「害獣を／殺すことにも慣れたと言っていた／（略）妹の／息子に子は生れただろうか」という、死と生の連続性がさりげなく鮮やかに描かれている部分を挙げたい。また、後半の作品「ランボーの右足、エイハブの左足」では、「ランボーは（略）右脚を切断せざるをえなかった　すさまじいのは（略）再び南へ向かったことだ　幻影の足で歩いて（略）魂は自分が人生をかけ、自分をまさに滅ぼさんとしている砂漠を歩いているのだ」のように、肉体の生死を超えて、魂のレベルでの生滅の連続性を、葛藤として描こうと試みている。しかしながら、ここで何らかの回答が示されるわけではない。難問に真にぶつかるためには、出会うべくして出会う対象が必要なのだ。幸いにして、この書き手にとってのそれは、ジャンヌ・ダルクであった。

数年にわたるジャンヌとの取り組みの果てに、この詩集では次の言葉を加えている。「異端とは突出すること。時代の秩序を超えて生きようとする。」、これは一見、素朴な感想とも感じられるだろうが、日常の身体感覚にとらわれないまなざしとして、信じることの鋭さを教えてくれる。あるいは日常生活の孤独を支える、強い決意とも言えよう。

それに対し、「記憶の傷」には、「かつて住んだことのある街々を訪れるのが怖い／二度と足を踏み入れたくない街は一ヵ所ではない（略）青春から老年まで橋かける肉体の老朽に入る／それらを迂回して／今ここの日常をしのいでいる」との述懐があって、先の決意との違和を確認する必要を感じさせる。少なくとも作者は、自己の老いの経験よりも、少女の初心なまなざしを選ぼうとしている。だからこそ「街はわたしによって傷ついているのか／街はわたしにリベンジしようとするのか」と語られるとき、少女性の異端とも見える無意識が、リアルとして出現している。これはモーツァルトへの一歩となったろう。

現時点での最新詩集『露草ハウス』（二〇二〇）では、完成しないこと、忘れることへの慈しみが全篇に染み渡っていて、それは天に身を委ねることに似ている。思えば第一詩集『冬の集積』（一九八七）は、種子の状態を見守っていた。結果的にこの三十数年で、詩人は命のドラマを見事に咲かせている。人間が地球本来の秩序から乖離していないと感じさせる瞬間を作品が秘めること、それは、個人の可能性の追求によってみつかるのではない。むしろ周囲の変化に対して柔軟に能力を発揮し、生命全体としてのバランスを保つ未完結のあり方を見届けることだ。人類は人工楽園を選択したがゆえに、とりわけ二十世紀以降、なまの自然に適応する能力を失い、現在ではデジタル化が世界像を一元化しつつある。そこでの自由詩の存在意義は道化でしかない。しかし有働薫の詩は、たとえるなら裸足で大地を歩くことで、社会における生死像の偽善を暴く軌跡をしっかりと留めている。この点を読み取らなければ、彼女の作品を味わったことにならないだろう。蛇足だが、愛を知る者が詩人であり、詩を書き終えた者だけが善を知っている、と述べておきたい。

（2023.10）

著作一覧

〔詩集〕
『冬の集積』一九八七年、詩学社
『ウラン体操』一九九四年、ふらんす堂
『雪柳さん』二〇〇〇年、ふらんす堂
『*Surya* スーリヤ *Surya*』二〇〇二年、思潮社
『ジャンヌの涙』二〇〇五年、水仁舎
『幻影の足』二〇一〇年、思潮社、第28回現代詩花椿賞
『モーツァルトになっちゃった』二〇一四年、思潮社
『露草ハウス』二〇二〇年、思潮社

〔選詩集〕
『モーツァルトカレンダー』二〇一六年、archaeopteryx

〔翻訳〕
ジャン＝ミッシェル・モルポワ『夢みる詩人の手のひらのなかで』一九九二年、ふらんす堂
レジーヌ・ドゥタンベル『閉ざされた庭』一九九八年、東京創元社
ジャン＝ミッシェル・モルポワ『青の物語』一九九九年、思潮社
ジャン＝ミッシェル・モルポワ『エモンド』二〇〇三年、ふらんす堂
マルク・コベール『骨の列島』二〇一三年、洪水企画
ジャン＝ミッシェル・モルポワ『イギリス風の朝《マチネ》』二〇一八年、思潮社

〔編著〕
『詩人のラブレター』二〇二二年、ふらんす堂

現代詩文庫 251 有働薫詩集

発行日 ・ 二〇二四年三月二十九日

著　者 ・ 有働　薫

発行者 ・ 小田啓之

発行所 ・ 株式会社思潮社

〒一六二-〇八四二　東京都新宿区市谷砂土原町三―十五

電話〇三―五八〇五―七五〇一（営業）　〇三―三二六七―八一四一（編集）

印刷所 ・ 創栄図書印刷株式会社

製本所 ・ 創栄図書印刷株式会社

現代詩文庫

新刊